『人斬り』少女、公爵令嬢の護衛になる ②

著：笹塔五郎
イラスト：ミユキルリア

JN103004

GCN文庫

目次

プロローグ

極寒都市『フォーレ』。

『ヴァーメリア帝国』の首都であり、大陸では最も北に位置している。

その寒さのために、一年を通してほぼ止まない雪が特徴的だ。

だが、その天候によって他国からの侵略者を阻み、独自の繁栄を続けていた。

「──次代の皇帝は決まった。もう、ここに用はない」

マスクで顔を覆った大男が言う。

その姿はまるで獣のようで、一歩進むごとにズシン、と大きな足音が鳴る。

隣を歩く少女は逆に小柄で、極寒の地だと言うのに随分と薄い生地の服装に身を包んでいた。

「リーシア・ヴァーメリア──魔導師としても優秀だし、いいのではないかしら。魔法研究にも精を出すようだし、まさに『魔究同盟《まきゅうどうめい》』の意に沿った優秀な王だと思うけれど」

「うむ、その通り。選定されるべきは、王になるべき存在だ。リンヴルムでもそろそろ、次代の王が決まる頃だったか」

「ああ、それならさっき連絡がきたわ。確か、フレア・リンヴルムが王に決まったとか」

少女の言葉を聞くと、ピタリと大男は動きを止める。そして、ただ一言、

「……よくはないな」

本当に、納得のいかない様子で呟《つぶや》いた。

「あら、そうなの？　リンヴルムには詳しくないけれど」

「フレア・リンヴルムは魔力をほとんど身体《からだ》に有しない者だ。かの者が王になれば、将来的にリンヴルム王国の衰退を招く可能性がある。魔法が扱えない者が、魔法を理解できない者が――正しく、国を動かせるはずもない」

「魔究同盟の意に沿わない……そういうことね」

「リンヴルムにはキリクがいたな。連絡を取れ、我々も向かう」

「あら、あいつに協力するってこと？　素直に応じるかしら」

「応じないのであれば、こちらは勝手にやらせてもらう。フレア・リンヴルムは王に相応《ふさわ》しい者ではない……許可も下りるだろう」

「――待て、侵入者共」

声を掛けられ、振り返る。

そこには、騎士の正装をした男が剣を構えていた。

「ベイル・セイファー、帝国最強の騎士か」

「私を知っているか。ならば、話は早い——この国の裏でこそこそと動いている連中には気付いていた。何を企んでいるか分からんが、これ以上好きにはさせん」

「あらあら、中々に鋭い男ね。どうするの？」

「やめておけ、我々はもうこの国を去る。お前はリーシア・ヴァーメリアの傍に仕え、彼女を支えてやるといい」

ベイルの言葉に介することなく、大男はその場を去ろうとする。

だが、それをベイルは止めようと動き出した。ピタリと、背中に剣先をあてがい、

「私は待てと言ったぞ」

「俺はやめておけ、と忠告した」

「動くなよ、動けばこのまま背中から突き殺す」

「やってみ——」

大男が言い終える前に、ベイルは背中から剣を思い切り突き刺した——だが、大男は倒れることもなく、ゆっくりと振り返る。

突き刺さった剣は抜けず、ベイルは呆然と大男を見上げた。

「お前……一体——」

今度は、ベイルが言い終える前に、大男がベイルの頭を殴り飛ばす。

首はぐるぐると回転しながら宙を舞い、銀世界に鮮血が舞った。

「赤色に塗られた雪って綺麗ね。でも、こいつは殺してよかったの？」

「我々のことなど考えず、この国のことだけを考えていればよかったのだ。所詮、帝国最強と言っても——人間レベルでしかない。中途半端な強さは、判断を鈍らせるいい例だ。我々との、レベルの違いを見誤ったのだから」

すでに大男の傷は癒えつつあった。

ベイルの遺体はその場に残され、徐々に雪に埋もれていく。

後に帝国における騎士殺し事件として発展することになるが、その犯人が向かった先は、遥か遠く離れたリンヴルム王国だ。

第一章　初めての友達

——早朝から、シュリネ・ハザクラは刀を振るっていた。

ここはハイレンヴェルク家の屋敷の敷地内であるために、薄着のままで鍛錬をする。

ルーテシアにはよく、敷地内とはいえ服はしっかり着てほしい、と注意されているが。

「ふっ——」

一振りごとに集中し、無駄なことはしない。ただ闇雲に振るだけなら、いっそしない方がマシなのだ。

シュリネにかつて剣を教えてくれた人——師匠の言葉を、忠実に守っている。

そうして、薄《うっす》らと汗をかき始めた頃、

「またそんな薄着で外に……風邪ひくわよ？」

姿を現したのは、ルーテシアだ。

まだ朝の早い時間だというのに、身なりをしっかり整えた彼女は、呆れた様子でシュリネを見ている。

「病気したことないくらい、健康なのが取り柄なんでね」

「……あれだけ大怪我したのに、結局治ったのも貴女の方が早かったものね」

「ルーテシアは最近、ようやくまともに歩けるようになったね」

「これくらいが普通なのよ。自然治癒できるのなら、それがいいわけだし」

——あの戦いから二カ月が経過していた。

つい先日までは杖《つえ》を使っていたルーテシアも、普通に歩けるようになった。

彼女の言う通り、魔法で治癒を促進するよりも人の治す力をしっかり使った方が、身体にはいいのだろう。

実際、シュリネは魔法に頼らずとも早々に動けるようになっていた。

剣の鍛錬を再開したのも、動けるようになって一週間以内。その後は毎日のように繰り返している。

一日、二日程度で腕が落ちることはないが、それを繰り返せばだんだんと落ちていくことは違いない。

シュリネはルーテシアが来てからも動きながら何度か刀を振るう。

「相変わらず、人間離れした動きよね」

「そうかな。これくらいなら対応できる騎士もいると思うけどね。王女の傍にいた人とか」

「ああ、エリスさんはそうかもね」

エリス・フォレット――フレア・リンヴルムの傍を離れずに、ずっと彼女を支える女性の騎士だ。

二カ月が経ち、あれからアーヴァントは姿を消して、五大貴族の全てがフレアを次代の王として認定した。

現状ではそれが覆ることはあり得ないために、今はフレアが依然、姿を見せない王に代わって内政を整えている。

とはいえ、やはり一筋縄ではいかないようで、ルーテシアも彼女の補佐として、動く機会が多くなっていた。

「現状では、エリスさんが王国においては最強の騎士になって、次代の王であるフレアを支える側近でもあるわけだから。元々、アーヴァント側だった騎士達もまとめ上げないといけないわけだし、色々と大変よね」

「ルーテシアだって忙しそうじゃん」

「私は……まあ、できることをやっているだけだから――って、それより、朝食の準備ができたって知らせにきたのよ」

「分かってるよ、ルーテシアが呼びに来る時はいつもそうだからね」

現状、ハイレンヴェルクの家に使用人はいない。

彼女の父が亡くなった後、ルーテシアが狙われるという騒乱もあって、ハイレンヴェルク家に仕えていた者達は全て契約を打ち切った形となった。

今ならば、また呼びかければ集めることもできるだろうが、ルーテシアがそれをしていない。

彼女を常に支えていたハインも、戻ってきてはいないのだ。

故に、家事全般をするのはルーテシアであり、シュリネも時々それを手伝っている。

大きな屋敷に二人暮らしと、自由はあれど中々に生活するには不便ではあった。大半の部屋は使わずに放置、というような形だ。

けれど、ルーテシアは家事も得意なようで、どちらかと言えば野性的な生活を送りがちなシュリネに比べると、十分に一人でもやっていける能力があると言える。

シュリネは朝食を食べる前に、庭先で汗を流すために水浴びを始めた。

「ちょ……外から見えないからってまた……！」

「平気だよ、見られて減るものじゃないし」

「……その考えはちょっと、直した方がいいわよ？」

「動いたあとの水浴びは気持ちいいんだって。ちょっと寒くはあるけど――くしゅんっ」

「あ、そんなこと言っているからくしゃみなんて……本当に風邪ひくわよ。看病するのは私なんだからね？」

「入院でもいいんじゃない？　一応、診てくれた医者の人もいるんだし……そう言えば、一回来いって言われた気がする」

「！　なら、朝食食べたら行きましょう。私も、経過観察は必要って言われているから」

王都にある大病院に、シュリネとルーテシアは通っている――と言っても、シュリネは大怪我をそこにいる医者に診てもらって、その後はほとんど接点はないのだが。

今日の予定はこうして決まり、二人の一日が始まるのだった。

＊＊＊

王都にある大病院の一つ――『ルセレイド大病院』へ、シュリネはルーテシアと共に足を運んでいた。
戦いの後に、フレアの屋敷にまで足を運んでくれたのはここで働く医者であり、シュリネの担当医はオルキス・テルナットという女性医師であった。

「異常はないようですね」

「三カ月も経てば、よくもなるよ」

「あなたは本当に死にかけていたのだから、経過観察が必要なんですよ」

眼鏡に片手で触れながら、オルキスは呆れたように言う。

手元にあるカルテに何やら記載をしている間に、シュリネは診てもらうために脱いだ服を着直す。

「それにしても、目を見張る回復力ですね。比べるものではないけれどルーテシア様の方がまだマシと言えるくらいの大怪我だったというのに、確か屋敷で休んでいる数日のうちに歩けるようになったんですよね？」

「昔からそうだよ。怪我をした時は、よく寝てよく休む――そうしていれば、大抵はよくなるものだって、教わったからさ」

「ですから、あなたの怪我はそういうレベルのものでは――はあ、まあいいでしょう。治っていることは事実ですし。何か身体に異常があれば、来てもらう形でも大丈夫でしょう」

「じゃあ、もう来なくていいってこと？」

「一応は、ですよ」

オルキスに念を押されるが、シュリネの方は定期的な検査を受ける必要もなくなった。

彼女の言う通り、シュリネの負った怪我は本来であれば――リハビリなども含め、最低でも半年はかかると見込まれていたのだ。

しかし、シュリネがわずか三カ月という早い期間で治すことができたのは、処置が早かったことと、ルーテシアの治癒術によるところも大きいだろう。

ルーテシアの実力は、特にこういった大病院にも引けを取らないもので、経験こそ不足しているが、その力は強大だ。

心の中でルーテシアに感謝しつつ、シュリネは診察室を出ようとする。

「おそらく、ルーテシア様の検査にはまだ時間がかかりますからロビーで待っていてくださいね」

「適当に見回らせてもらうよ」

「一応言っておきますが、立ち入り禁止のところには入らないでくださいね？」

「そんな節操ないことはしないって」

オルキスの言葉に答えて、シュリネは部屋を後にした。

ルーテシアもまた、杖を使わずとも歩けるようにはなったが――シュリネと比べると、やはり回復に時間がかかっている。

リハビリも最近まではしていたくらいだし、何より彼女はハイレンヴェルク家の当主――病院側も、大貴族が相手となると、完治するまでは手厚くサポートしたい、というところなのだろう。

そう言った贔屓《ひいき》はあまりルーテシアの好むところではないようだが。

「さてと……」

大病院というだけあって、やはり多くの人がやってきている。

病気や怪我、理由は様々だろうが――シュリネは別に彼らがどうしてここにいるのか、など興味のあるところではない。

ルーテシアが戻るまで、適当に時間を潰すつもりだった。

「あ……っ」

そんな時、目の前で杖を突きながら、歩いていた少女が躓《つまず》いた。

足が悪いのか――そう思ったが、倒れた拍子に手から離れた杖を両手で床を撫《な》でるようにしながら、探している。

見れば、両目は包帯で隠されており、どうやら足だけではなく目も見えないようだ。

たまたますぐ近くに転がってきたから。それ以上の理由はないが、シュリネはひょいっと少女の落とした杖を拾い上げると、

「これ、落としたよ」

少女に声を掛けて、手渡す。

「！　あ、ありがと」

少女は少し照れくさそうにしながら、杖を使ってゆっくりと立ち上がる。——やはり、足もあまりよくないのか、杖は身体を支える役割もあるようだった。

（何だろう、よく分からないけど……知ってる雰囲気だ）

少女に会ったことなど、当然ない。

あるいは興味がなかっただけかもしれないが、シュリネからすれば赤の他人であるはずなのに、どことなく覚えがあった。だから、杖を渡したこともあって、声をかける。

「どこか行きたいところでもあるの。診察室とかさ」

「あたし？」

「そう」

「あたしはここに入院してるから、散歩がてら歩いてるだけ。あなたは……少なくとも、職員の人ではないわよね？」

「ま、ここの患者——もとい、元患者ってところかな」

「へえ、じゃあもう治ったのね。よかったじゃない」

「まあね。今は知り合いを待ってて暇だから、行きたいところがあるなら付き添ってあげようかって、そう思っただけ」

シュリネの提案が意外だったのか、少女はやや驚いた様子を見せるが、

「杖を拾ってくれただけじゃなくて、親切なのね。せっかくだし、甘えちゃおうかしら。あたしはクーリ。あなたは?」

「シュリネだよ」

「シュリネ、ね――って、もうここに来ないだろうし、聞かなくてもよかったかも」

「付き添いでは来るかもしれないけどね」

「あ、そうなのね」

少女――クーリは見る限り、シュリネと同い年かそれ以下、といったところか。

年齢的に言えば、ルーテシアよりも年の近い子であった。

中庭を目指していた、ということで、時間を潰すつもりで、シュリネはクーリに付き添うことにした。

病院の中庭まで辿《たど》り着くと、そこはリハビリのために歩く者や、気分転換に見舞いに来たであろう家族か、あるいは友人と談笑している人が目立った。

クーリは近くのベンチに座ると、隣の場所をポンポンと軽く叩き、

「シュリネもどうぞ」

「ん、じゃあ失礼して」

促されるままに並んで座った。

ちょうど、木陰になっている場所で、病院内の中庭となっているが、吹き抜けていると
ころから吹いてくる風が心地よい。

「シュリネは学生さん？」

「いや、学校には行ってないよ」

「そうなんだ、雰囲気からして、あたしと同い年くらいだと思ったんだけど――って、学
校にはあたしも行けてないけどね、あはは」

笑いながら言っているが、様子を見るに行ける状態にはとてもないのだろう。

クーリは『雰囲気』と口にしていたが、目は見えていないだろうし、声音や言葉の通り
――シュリネから感じ取れる何かだけで判断している、ということだろう。

「じゃあ、付き添いって言ってたけど、家族の？」

「いや、違うよ。雇用主って言えばいいのかな」

「そっか、もう働いてるんだ……。シュリネはどんな仕事をしているの？」

「んー、まあ、護衛の仕事かな」

「！　そうなんだ、あたしのお姉ちゃん――姉さんも同じような仕事をしているの！」

クーリは少し食い気味に言った。

同じような仕事と言っても色々あるだろうが、この国で一番考えられるのは騎士だろうか。

クーリには、シュリネの姿は見えていないだろうから、どんな姿をしているかも分かっていない。この辺りでは珍しい服装に身を包んでいることも、腰に刀を下げていることも、だ。

クーリの姉の仕事に対して、別にシュリネも興味があるわけではない――故に、彼女の話を続けて聞いていた。

「色々なところに行ってるって聞いたわ。あたしもいつか、誰かの役に立てる仕事がしたいの。今は――まあ、人に迷惑かけてばかりなんだけど」

「別にいいでしょ。できないことをしようとするより、できることからした方がいいって」

「そう、かな。ここに一人で来るのも苦労してるから」

目が見えず、足の自由も効かないのであれば――苦労するのも無理はない。

けれど、『できない』とは言わずにこうして挑戦しているのだから、それで十分だとシユリネは思う。

「やりたいことがあるなら、治ってからすればいいんじゃない？　無理をするのは、治ってからでもいいんだからさ」

「うん、治るといいんだけど……」

「？　何、もしかして重い病気なの？」

「まあ、子供の頃からずっとこう。でも、最近は歩けるようになってるし、今度は目も見えるようになるって」

「そっか。じゃあ、よかったじゃん」

「うん……。その、シュリネは付き添いで、またここに来るんだよね？」

「たぶんね」

「だったら、またお話とか……できない？　もっと、あなたの仕事のお話とか聞きたくて」

それは、不意なお願いであった。

シュリネにとって――願いとは、仕事に通じるものだ。

見ず知らずの、会ったばかりの人間から頼まれても、『契約』さえ結べば、それを実行する。

だが、クーリの願いは、明らかに仕事に関するようなものではない。

シュリネもそれくらいのことは分かっているし、ただここに来ることがあったら話したい、そんな少女らしい願いだ。

どのみち、ルーテシアが診察を受けている間は――暇な時間ができる。そう考えて、

「まあ、時間が合えばいいけど」

「！　ほんと⁉　よかったぁ、あたし、友達とかいないから」

「さっき言ってた姉は来ないの？」

「姉さんは仕事が忙しい人で、ほとんど来られないの。最近もあんまり顔を出してくれなくて……。でも、あたしが姉さんに色々と頼むのも、邪魔になっちゃうかなぁって」

「ふぅん……」

そういうものか、とシュリネはただ頷くしかなかった。

何せ、シュリネに家族はいない――あえて言うのであれば、シュリネにとっての師匠が該当するくらいか。

（そう言えば、師匠はどうしてるのかな）

シュリネを強くしてくれた人物――彼女とはもう、久しく顔を合わせていない。

どこかで死んでしまった、なんてことはないだろうが、この国にいる限り出会うことは

ないだろう。

「えっと、普段からこの辺りにはいるから、もしもまた来たら……」

思い返していると、何故《なぜ》か少し恥ずかしそうにしながら、クーリはごにょごにょと言っていた。

「ああ、うん。寄るようにはしておく」

「じゃ、じゃあ、約束ね……？」

「ん」

シュリネにとっては、ルーテシアの付き添いの『ついで』程度ではあるのだが――ほとんど人付き合いのないからこそ、王都でできた初めての友達となった。

＊＊＊

「怪我の具合も大分いいようですし、検査も必要ないでしょう。何か異常があればすぐにご連絡ください」

「はい、ありがとうございました」

ルーテシアは礼をして、診察室を後にする。

傷もほとんど残っておらず、担当医の言う通り——ここに通うこともなくなるだろう。

ルーテシアはすぐにシュリネの姿を捜すが、待合室にいるはずの彼女の姿はない。

(シュリネはいつも私より早く終わるし、病院内でも見て回っているのかしら)

待合室にいないのならば、中庭辺りだろうか。

ルーテシアが向かうと、すぐに目立った服装の少女が目に入った。

声を掛ける前に、彼女の方が先に気付いたようで、ベンチから立ち上がると、真っすぐこちらに向かってくる。

「ごめん、ちょっと席を外してた」

「それは構わないけれど、誰かと話していたの?」

「さっき知り合った子。また病院に来ることがあったら、話をしてほしいって言われたんだよ」

「そうなのね。なら、友達ってことかしら?」

「そう言うのはよく分かんないけど、ルーテシアがここに来る時にちょっと話すくらいだよ」

「! 私ももう、治療の必要がなくなったから、ここには来ないわよ?」

「あ、そうなんだ。なら、一応伝えておこうかな——」

　くるりと反転して戻ろうとするシュリネの手を、ルーテシアは咄嗟《とっさ》に掴《つか》む。

「？　何？」

「せっかく知り合ったのなら、王都に足を運ぶことだって多いんだし、お見舞いくらいしたらいいじゃない」

「用事もないのに病院に？」

「お見舞いも立派な『用事』でしょ。貴女、普段から知り合いとか全然作らないんだから、いい機会じゃない」

「友達作るためにこの国にいるわけじゃないからさ」

「前に『レヴランテの村』では子供達とも仲良くやっていたじゃない」

　これはハインから聞いた話だが、シュリネのそんな一面もあって、結果的に刀を直してもらうことになったのだ。

　人付き合いが苦手でないのなら、した方がいいというのがルーテシアの考えだった。

「子供の相手ならね。あの子はわたしとそんなに変わらないし」

「だったら、なおさらでしょう。……まあ、会いたくないと言うのなら、強制はしないけれど」

「別に、そういうわけじゃないけどさ」

ルーテシアの言葉を否定するシュリネ。

「それなら、決まりね。シュリネに友達ができて嬉しいわ」

ルーテシアはそう言って、笑顔を見せた。

「ルーテシアはわたしのお母さんか何かなの？」

「違うわよ！　もうっ」

シュリネに突っ込みを入れつつも、一応は納得してくれたようで安心する。

やはり、この国で暮らしていくのであれば、友達の一人や二人くらいはいた方がいい。

そう思ったところで、

（……あれ、私はどうなるのかしら……？）

ふとした疑問であった。

シュリネにとって、ルーテシアは何か――答えは単純で、ルーテシアが雇った護衛である。

それ以上でもそれ以下でもないはずなのだが、気になってしまった以上は、聞いてみたくもなる。

「……ところで、シュリネにとって私は、友達？」

「お母さん」

「……聞いた私がバカだったわ」

「いや、この流れならそう答えるでしょ」

「私は真面目に聞いているのに……」

小さく抗議の声を漏らすと、シュリネはルーテシアの前に立って言う。

「わたしとルーテシアは友達じゃない」

「……っ」

面と向かって言われると、さすがにルーテシアでも傷つく言葉だ。

「――けど、主従関係……って言えばいいのかな？　わたしは、友達よりも上だと思ってるよ」

続く言葉で、思わずルーテシアは喜んでしまった。

シュリネは少し恥ずかしくなったのか、また不満そうな表情を浮かべて前を歩き始める。

そんな彼女を追うようにして、ルーテシアも歩き出した。

＊＊＊

病院を後にして、ルーテシアがフレアのところに寄りたいというので、向かうことになった。

今、フレアがいるのは離れた屋敷ではなく——王宮だ。

かつてはアーヴァントの私兵など、敵勢力によって支配されていた場所だが、今ではほとんどがフレアの側となっている。

もちろん、全員が全員、フレアの味方になったわけではない。

一部の貴族においては、未だにフレアが王位を継承することに納得はしていないようで、フレア自身も「意見として残るは当然」というスタンスだ。

フレアが優しすぎる、というのはやはりこういったところにあるのかもしれない。

シュリネから言わせれば、むしろ「甘い」とすら感じられる。

だが、王位といった政治的な問題に関しては、シュリネも詳しいわけではなく、意見をすることはない。

ルーテシアがフレアを支持するのなら、その考えに反論するつもりなどないのだ。

王城の門にいる衛兵はルーテシアの姿を見るとすぐに、通してくれた。

すでに次代の王として知られるフレアの良き友人であり、理解者として認識されているのだろう。

フレアがこのまま王となれば——ルーテシアもまた、王国内での地位は確立されることになる。

　途中で話を聞いた衛兵の話では、フレアはちょうど王宮内の中庭で休憩している、とのことであった。

「今もかなり忙しいみたいね。フレアを中心に執政しているようだけれど、五大貴族の支持だって、アーヴァントがいなくなったからこそ、フレアに集まっている現状……私も意見は言えるけれど」

「五大貴族が王を決める権利を持っているのなら、ルーテシアだってそれなりに権力はあるでしょ？」

「私が言ったことをそのままフレアが通せば、反対意見も出ると思うわ。それこそ、『私が正しい』ことをしているとは限らないわけで。間違ったことをしているつもりはなくても、結果的に間違った方向へ進むこともある――だから、国を担うというのは難しいのだと思うわ」

「ふぅん……大変そうだね」

　他人事のように言うシュリネ――というより、彼女からすれば間違いなく他人事ではあるのだ。ただ、

「ま、刺客とか送って邪魔してくるような奴がいたら、わたしが斬るから遠慮なく言って

よ」

「さすがに今の状況でそんなバカげたこと、してくる人はいないと思うけれど……。というか、なってほしくないのが本音ね」

ルーテシアは苦笑いを浮かべながら言った。

ほんの数カ月前まで、命を狙われて死にかけていたのだから――もうあんな思いはしたくない、というのはその通りだろう。

だが、ルーテシアを守ることこそがシュリネの役目であり、『暇』であっても彼女としては少し困るのだが、平和であるにこしたことはない――それは、シュリネも理解している。

中庭の方へ向かうと、護衛の騎士であるエリスを連れたフレアの姿があった。

「！　ルーテシア、来てくれたのですね」

こちらに気付くや否や、フレアはすぐにこちらへと駆けてくる。

「病院に寄ったから、せっかくだし顔を出そうと思ったのよ」

「身体の方はもう平気なのですか？」

「ええ、この通り」

ふわり、とその場で回転するようにして、軽快な動きを見せるルーテシア。それを見て、フレアは心底安堵《あんど》した表情を見せる。

その後、フレアはシュリネの方にも視線を送り、

「シュリネさんも、お身体の方は？」

「ん、わたしも見ての通り――」

「フレア様、ルーテシア様にあのお話をしておくべきでは？」

「あ、そうでした。ルーテシア、少しお時間をもらいたいのですけれど」

「ええ、いいわよ」

二人が話を始めるが、シュリネの前にはエリスが立ち塞がるような動きを見せていた。

別に、シュリネも二人の話に興味があるわけではないのだが、

「何か用？」

彼女の態度を見れば分かる。

敵視している――というほどではないが、どうあれシュリネのことをよく思っていないのは、明らかだった。

「……感謝はしている。お前のおかげで、あの二人がこうして王宮で話をすることができているのだから」

「言葉と態度が合ってないけど」

「私もお前の『態度』について話がある」

エリスの視線が鋭くなり、シュリネは目を細めた。

おそらくシュリネの口調や態度が悪い、ということを指摘してくるのだろう。

「ルーテシア様だけでなく、フレア様に対するその口調や態度――前にも指摘したはずだ」

案の定であった。顔を合わせるたびに、何かとエリスはシュリネに対して小言のように言ってくることはあったが、今日はいよいよ、といった様子だ。

シュリネの傍にフレアやルーテシアがいる時は、あまり大きく口を出してくることはなかったが、二人の離れた今がチャンスというところか。

「わたしさ、そういうのは習ったことないから」

「だから、今から正せと言っている」

「そう言われてもさ、すぐに直るものでもないでしょ？」

「お前からは直す気、というものが感じられない」

エリスの言うことは正しい。

シュリネは直す気など全くなく、お堅い騎士がいつも何かと突っかかってくる、程度にしか思っていなかった。

「……ルーテシア様も、護衛にこのような態度を許すなど……」

「ルーテシアは関係ないよ。わたしはあくまで護衛として雇われているだけ。あなたはさ、ちゃんとした『騎士様』なんだから。態度とか、そういうのに口うるさくなるのも分かるけどね」

「……口うるさいだと？　誰のせいでこうなっていると思っているんだ！」

少しエリスの声が大きくなり、フレアがこちらの様子に気付いた。

「どうかしたのですか？」

「あ、いえ……」

バツが悪そうな表情で、エリスが視線を逸《そ》らす。

エリスがシュリネに対して色々指摘していることがバレたら、おそらく咎《とが》められるのはエリスの方なのだろう。

実際のところ、何度かエリスが止められることはあったし、そのたびに彼女から少しずつ恨みを買っている気もしていたのだが――

（ああ、ちょうどいいや）

ふと、シュリネはあることを思いつく。

「この騎士様とさ、模擬試合でもしようかって話をしてたんだよ」

「模擬試合、ですか」

最初に反応したのはフレアだった。

すぐに慌てた様子でエリスが口を開く。

「貴様、突然何を――」

「わたしが負けたら、あなたの言う通りに言葉遣いでも何でも直すからさ」

シュリネはフレアやルーテシアに聞こえないように、小さな声で言った。

交換条件――何度も顔を合わせるたびに注意されるのは面倒だと考え、いっそのこと試合で決着を付けよう、という魂胆だ。

「見くびるなよ。私は他人を従わせるために剣を振るうつもりなどない。たとえ試合であったとしても、だ」

だが、エリスの反応はいまいちだ。

シュリネの言葉遣いを直させるためなら模擬試合くらい簡単に受けてくれるものだと思っていた。

シュリネとしては、『強敵』と戦っていないので、肩慣らしにもちょうどいいと考えていたのだが、乗り気でないのであれば仕方ない。

「そうですね、お二人がよければ行ってもよいのではないでしょうか」

「！　フレア様……!?」

エリスが驚いた表情でフレアを見る。

シュリネにとっても予想外であった――まさか、フレアがすんなり許してくれたのだから。

「エリスと……それにシュリネさんの力を示すちょうどいい機会です。エリスは特に、クロードに代わって王国を代表する騎士になってもらわなければなりませんから」

クロード――シュリネがルーテシアを救うために斬った、かつて王国最強と呼ばれた騎士であった。

実際、彼は間違いなくこの国では一番強かったようで、それを無名の少女が倒したのだから、少なからず影響はあった。

――果たして、この国は大丈夫なのだろうか、という国民の不安だ。

アーヴァントという第一王子のしでかしたことや、そんな彼を支持していた者が多くいたこと。クロードが何よりも協力的であったという事実もまた、すでに広まっている。

ルーテシアを救い、フレアが王になる――それは決して美談として語られることではなく、なおも王国は不安定なままの現実があるのだ。

クロードは斬られて死んだ――他国にもすでに広まっているらしいが、王国には現状、彼に並ぶ実力者として知られている者はいない。

それは、騎士団の内部でも同じことなのだ。

「シュリネさんがクロードを倒したことは、特に王宮内にいる者はよく知っています。ルーテシアの護衛である、という事実も。だからこそ、シュリネさんと試合という形式で剣を交えて、王国で一番強い騎士であることを証明してもらいたいのです」

「フレア様……しかし……」

エリスはまだ迷っている様子であった。

彼女には彼女なりに――剣を振るう理由、というのがあるのだろう。

だからこそ、エリスは王国内でもまだ実力者としては知られていないのかもしれない。

実際、シュリネだってエリスの剣術を見たわけではない――だが、彼女がクロードに近しい実力を持っていることを、シュリネはすでに理解していた。

「王女がこう言ってるんだからさ、やろうよ。ルーテシアもいいよね？」

「え、私？　まあ、二人がいいのなら、私が反対することではないわね。シュリネの怪我も治っていることだし」

ルーテシアは少し困惑しながらも、フレアと同じ考えのようだ。

「でも貴女、何か企んでない？」

「人聞きの悪いこと言わないでよ」

ルーテシアの怪しむような視線を受けながら、シュリネは笑って誤魔化す。――元の話で言えば、シュリネの言葉遣いや態度を指摘してくるエリスに対して、言うことを聞かせたいなら試合で勝ってみせろ、という理由を聞けば間違いなくルーテシアが怒る話だ。

「指摘されたのなら、試合でなくても直す努力くらいはしなさいよ」と、言ってくるルーテシアが目に浮かんでしまう。

だが、エリスはシュリネの持ちかけた提案について話すこともなく、この場においては彼女を除いた三人が試合をすることに賛成している――ルーテシアに話を振ったのも、この状況を作り出すためだ。結果、

「……承知致しました。フレア様の御命令とあらば」

「命令というわけではないのだけれど……」

フレアの言葉を聞いているのかいないのか、フレアの方を向いていたエリスはすぐにシュリネに向き直り、先ほどのシュリネと同じように小さな声で告げる。

「私が試合に勝ったら、二度とフレア様に不遜な態度を取るな。分かったな？」

「もちろん、あなたが勝ったらね」

すぐにシュリネは答えた。

こうして、フレアの騎士とルーテシアの護衛という立場にある二人の試合が決まったのであった。

「――では、また一週間後――改めて王宮内にある稽古場にて」

シュリネとエリスの試合の日取りについては、主にフレアによって決められた。

シュリネとしては今からでもよかったのだが、せっかくならより多くの騎士や貴族達にも見てもらいたい、ということになり、呼び掛ける期間が設けられたのだ。

フレアが言っていたように、エリスを王国を代表する騎士として、その名を広めたい狙いもある。

「なんだか大事になってきたわね……」

帰路に着く途中、不意にルーテシアが小さな声で呟くように言った。

「そう？　ただの試合なんだから、気楽でいいんじゃない？」

「貴女ね……エリスさんはフレアの護衛として長い間仕えているのよ。その実力は、あのクロードに次ぐと言われているわ」

「ルーテシアはあの人が戦ってるところ、見たことないの？」

「以前に、王都で開かれた剣術大会で見たわよ。正直、そこらの騎士じゃ相手にならないレベルね」

「ふぅん、なら楽しみだね」

シュリネは本心からそう思っている。

ルーテシアには護衛として雇われているが、最近ではその役割を果たす機会はなく――もっぱら、ルーテシアの屋敷がある町の近くの魔物を狩るような仕事が増えてきていた。

それはそれで、ルーテシアだけでなく町人からも感謝されており、そこそこ名も知れてきているのだが、シュリネとしてはもっと強い相手と刃を交える機会がほしかった。

無論、試合の形式である以上は真剣ではない可能性も高いが、構わない。

「いざって時にちゃんとルーテシアを守れるように、身体はしっかり慣らしておかないとさ」

「そんなこと言って……やっぱり貴女、何か企んでいるんでしょう」

ジト目でルーテシアがシュリネを見てくる。

企んでいることはないが――試合を申し込んだのはシュリネであり、エリスからの顔を合わせるたびに受ける『小言』に嫌気が差した結果なのは、当然隠すつもりだ。

「さっきも言ったけど、何もないって。王女様だって快く受け入れてくれたし」

「まあ……それは私も意外だったというか――でも、そうね。必要なことなのだと思うわ。エリスさんは確かに実力者ではあるけれど、それを知っているのは一部の人だけだもの」

「剣術大会に出たことあるなら、有名になるんじゃない?」

「一時的に、よ。私が見たことあるのはその時だけだし、エリスさんって元々、そういう大会にもほとんど顔を出したことがなかったから。実際に見た人達はエリスさんが強いことを知っているけれど、噂で広まった程度なら、持続しないものよ」

「そういうもんか」

ルーテシアの言っていることは正しいのだろう。

消極的とも言えるエリスを、フレアが後押しする形になっているわけだ。

「わたしも剣術大会とか開かれたら、出てみたいね」

「貴女は服装からしても、目立ちそうね……。でも、剣術大会って言っても、貴女くらい実力のある人はそれこそほとんど出ないわよ? すごく大きい催しってわけでもないから」

「騎士様だって出たことあるなら、運が良ければ『当たり』を引けるかもしれないからね」

「当たりって……強い相手のことをそういう呼び方するの、ちょっと理解できないわ……」

呆れたように溜め息を吐くルーテシア。

剣術大会にも多少興味はあるが、今は目先の試合だ。

「でも、騎士様の宣伝を狙ってるならさ、わたしとの試合を許可するって、王女様も割と強気だよね。わたしが圧勝したらどうするんだろ」

「貴女の方が断然、強気じゃない。……まあ、フレアとしても、先を見据えているのかもしれないわね」

「先？　そう言えば、さっき王女様となんか話してたよね」

「ああ、言ってなかったわね。フレアは次代の王となる『宣言』を近々するそうよ。五大貴族も集まる必要があるからって。その日は王宮の広間を開放して、多くの人々が出入りすることになるわ。その段取りを決めるのとか、予行練習をしたいから付き合ってほしいって」

「ルーテシアも大変そうだね」

「私なんかより、フレアの方がよっぽど大変よ。……国民からの評価はもちろん低いわけではないし、むしろフレアになってほしいと望む人も少なくはないわ。けれど、あのクズ野郎――アーヴァントも、表向きには王国をより強く、発展させようとしていたのも事実なの」

「今、クズ野郎って言ったよね？」

「そ、そこは聞き流しなさい！」

慌てた様子でルーテシアが言い、シュリネはくすりと笑う。

ルーテシアのこういうところが、シュリネは好きなのだ。

「と、とにかく……フレアもやるべきことをしようと頑張っているのよ」

「なら、わたしは騎士様に負けた方がいいのかな？」

「それはダメよ。わざと負けるなんて相手に失礼じゃない」

ピシャリ、とルーテシアがシュリネの言葉を否定する。冗談のつもりではあったが、フレアのことを応援しつつも試合なら正々堂々とすべき――そういう考えなのだろう。

「もちろん、負ける気なんてないから応援してよ」

「それはどうかしら」

「えー、わたしは『ルーテシアの』護衛なんだからさ」

「なんで強調して言うのよ……」

「だってさ――」

そこで、シュリネはピタリと足を止めた。

「シュリネ？」

いきなり動きを止めたシュリネを見て、ルーテシアは不思議そうな表情を浮かべている。

シュリネが視線の先に捉えたのは人影。本来なら、人が立つことができないような外壁の上で、身を潜めるようにこちらの様子を窺《うかが》っていた。

シュリネは即座に判断し、腰に下げた刀に手を伸ばすが——人影はそれを見て、姿を消した。

さすがに距離があり、怪しい人物がいるからといって、追いかけることはしない。

「どうしたのよ？」

「ん、わたしはルーテシアの護衛だってだけ」

「何よ、さっきと言っていることが同じじゃない」

はぐらかしたのは、殺気の類やルーテシアを狙った様子もなかったからだ。

それに、言いたいことは変わらない。

シュリネはルーテシアを守るためにいる——それだけだ。

＊＊＊

——王都の外れは『比較的』治安の悪い場所、として知られている。

そうは言っても、犯罪が横行しているというわけではなく、人通りもそれなりにあるし、普通に暮らしている人だって多くいる。

ただ、古くから貴族や商人の密会の場としても利用されてきたのだ。

当然、隠れて会うくらいなのだから、人には言えない話をすることが多い。

ネルヘッタ・クルヴァロンとボリヴィエ・アールワインの二人もまた、とある人物に呼び出されてこの地を訪れていた。

「……今更、わしらを呼び出してどうするというのだ」

すでに初老を迎えたネルヘッタは、訝しむような表情で、目の前に座る男を見る。

その隣に座るボリヴィエは、やや不安そうな表情であった。

「――それは当然、今後の身の振り方について確認しておくためだよ」

ネルヘッタの問いに答えたのは、『七曜商会』の長であるキリク・ライファであった。

見た目こそまだ青年に見えるが、彼が商会の長になってからすでに随分と経っている。

「身の振り方だと……？　アーヴァント様は失脚し、フレア様がこの国の女王となられることはもはや確定したこと……。今更、わしらにどうこうできることではあるまい」

「その通りですよ……。私達はあなたの『勝算がある』という言葉を聞いて、王子に力を貸したというのに……」

ネルヘッタに続き、か細い声でボリヴィエは言った。

クルヴァロンとアールワイン――その名を知らぬ者は、この王国においてはほとんどいないことだろう。

何せ、ハイレンヴェルクと同じ五大貴族に数えられ、アーヴァントを支持した側の者達なのだから。

だが、結果的にアーヴァントはフレアに敗れるような形で身を隠し、その行方については二人も知らされていない。

フレアを支持せざるを得ない状況になった現状で、キリクからの呼び出しを受けたのだ。

「確かに、アーヴァントを支持すべきだ――そう持ち掛けたのは僕だ。クロードという騎士に加え、ルーテシアというまだ若い小娘の当主……盤上の駒としては、間違いなかったのだが」

キリクはそう言いながら、小さく溜め息を吐く。

唯一、イレギュラーな存在があるとすれば――それは間違いなく、ルーテシアの護衛として雇われた少女であった。

シュリネ・ハザクラ。年齢は十五歳程度で、出身は東の国。刀を得物としており、その剣術はおそらくこの国でも並ぶ者はそういない――ルーテシアを襲撃するタイミングで、このような少女が護衛につくことになるなど、キリクとしては予想できないことであった。

故に、思い出して笑みを浮かべる。

「何を笑っている……？」

「いや、少々思い出したことがあってね」

「貴様……盤上の駒だのと、ゲームか何かと勘違いしているのではないか？　わしらは全てを賭けたつもりだった！　アーヴァント様に私兵を預け、あのお方——いや、あいつが犯した罪に関しても、証人を用意してもみ消す協力までしていたのだ……。それも全て、王になるのであれば帳消しになるはずだった」

だが、現実は違う——アーヴァントに協力していた者達についても、いずれは調査の手が伸びることだろう。

そうすれば、ネルヘッタやボリヴィエの下まで辿り着くのも難しくはない。

そもそも、アーヴァントを支持していた時点で、フレアにとっては明確な敵対勢力だったのだから。

「今はただ静観し、ほとぼりが冷めることを待つのが得策……そう、私は思っているのですよ」

ボリヴィエに至っては、すでに諦めたような表情であった。

これが五大貴族の当主を務める者達——器ではないことくらい、キリクはすでに理解している。

だが、彼らには利用価値があるのだ。

「ならば、僕の招集に応じた理由は？　『まだ何かある』と期待しているのではないかな？」

「その何かがないことを確認するために来ただけのこと。わしはお前のことを認めていた……だが、今更どんな話を持ってきたところで――」

「諦めていないのであれば、僕は手助けをするよ」

「……なんだと？」

ネルヘッタの表情が険しくなる。

キリクは表情を崩さないままに、

「このままであれば――フレアが女王になることは間違いないだろう。だが、彼女は王の器ではない」

「器ではないとしても、資格はある。それに、多くの者に認められているのもまた事実」

「そうだね。だから今度は、回りくどい方法は止めようと思うんだよ」

「何が言いたいのか、よく分かりませんが……」

ボリヴィエは分かっていないようだったが、ネルヘッタは一層額にしわを寄せる。

「……まさか」

「ああ、僕が王女を始末しよう。そうすれば、第二王子が継ぐしかなくなるんだから」

ガタンッ、と椅子が倒れる音が響いた。

動揺して立ち上がったのは、ボリヴィエだ。

「な、何ということを……王女の始末？　つまり、暗殺を決行すると言うのですか……!?」

「それほどに動揺することかい？　ハイレンヴェルク家のお嬢様を殺すことには躊躇《ちゅうちょ》がないというのに」

「フレア様は王女なのですよ……！　ハイレンヴェルク家はもはやルーテシアがいなくなれば没落寸前だった家柄――私は五大貴族の一人として、今の状況で王族に手を出そうなどとは……」

「座れ、ボリヴィエ」

「！　ネ、ネルヘッタ……」

ただ一言――ネルヘッタとボリヴィエは本来、対等な立場のはずだが、大人しく言葉に従い、椅子を直して座り直す。

「わしもボリヴィエの意見と同じだ。フレア様はすでに次代の女王となられるお方。第二王子はまだ幼いが故に、国を治めるのに適しているのは――」

「幼い王子であれば、それこそ好都合。フレアが死んだ後に、擁立すればいいだけの話さ。傀儡《かいらい》として扱えば、実権を握ることだって可能になるよ」

キリクは淡々とした口調で言う。

再び反応したのはボリヴィエだ。

「なんと、不敬な……」

「不敬？　アールワイン卿は先ほどから何を恐れているんだい？　元より、ハイレンヴェルクを没落させることは王族に盾突くことと同義。後ろ盾や大儀がなくなった、というだけの話さ」

「それが重要だと言っているのです……！　アーヴァント様を国王にする、その見返りを私達は受ける――王族と貴族にとって必要な関係性であって、あなたの提案はもはや謀反ではないですか」

「だから、そう言っているんだよ」

「……は？」

キリクは極めて冷静に、そして冷淡に言い放つ。

「謀反を起こす、そう提案しているんだ。あなた達の一族が望む栄華を手に入れるために」

「……！」

キリクの言葉を受けて、ボリヴィエは息を呑んだ。

本気だ――その表情に嘘偽りはなく、二人に対して『反逆者になれ』と提案しているのだ。

もはや言葉も出ず、ボリヴィエがただ口をパクパクとさせていると、

「わしは現国王とは……当然だが旧知の仲だ。衝突することはあったとて、決して裏切るような真似《まね》をしようとしたことはない。あくまでここは『リンヴルム王国』――その考えを変えるつもりはないのだ。だからこそ、アーヴァント様を第一王子として、次代の国王になれるよう支えるつもりもあった」

そこには私欲や利権についても含まれるのだろう――だが、ネルヘッタの王国に対する忠誠は本物だ。

隣に座るボリヴィエも態度こそ弱々しいが、ネルヘッタと変わらない。

彼らは五大貴族であり、王族あってこその彼らなのだ。

「……だが」

視線を落とし、ネルヘッタは自らの言葉を否定する。

「何故だろうな、王女を暗殺しようなどとは……考えにもないことだった。フレア様で決まったのだと、心の内では納得させていたのだ」

「!?　ネ、ネルヘッタ……な、何を言っているのです？」

「分からないか、ボリヴィエ。我らは何故、アーヴァント様を国王にしようとした。あのお方を支えれば、我らは五大貴族などという枠を超え――二大貴族という、さらなる繁栄を得られるからではなかったか？　親の七光りなどと言われ、今の貴族の立場に甘んじるだけの存在にはならないと、若い頃に誓ったことを忘れたわけではあるまい？」

「それは……」

二人にとっての約束なのだろう。

彼らには確かに忠誠心がある――だが、それ以上に強い野心も備えていた。

ただ、同じ立場である貴族を超えようとしているだけであって、王族を超えようとまでは考えていなかったのだ。

あくまで互いに利用し合う、対等に近しいところになれたらいい、と。

「王女の暗殺――成功すれば、確かにわしらが望む物が手に入るであろう。だが、本当にやれるのか？」

「僕には優秀な部下がいるんだ。たとえば――今、あなたの首元に刃をあてがわれていることさえ気付かせない、ね」

「！」

指摘されて、ネルヘッタも意識した。

確かに首元に冷たい感触があり、後ろに誰かいる——思わず息を呑むが、すぐに刃は離れていき、気配は完全に消える。

「……ふ、ははははは！　思えば、貴様の話に初めから乗った時点で、引き下がるなどという選択はなかったのかもしれんな」

「な……この提案を受け入れるのですか!?」

「ボリヴィエ、お前もついてこいなどとは言わん。わしとお前は対等な立場であり、友だ」

ネルヘッタはそう言いながら、ボリヴィエに視線を向ける。

「だからこそ、願おう。共に来ないか？　我らの大願を果たすために」

「ネルヘッタ……」

弱気だったはずの男は、そう請われたことで初めて表情を変える。

「……分かりました。元より沙汰を待っていればいずれは没落する可能性もある身。それならば、いっそのこと賭けに出るのもまた、面白いかもしれませんね」

――消えたはずの悪意が、再び蘇《よみがえ》った瞬間であった。

＊＊＊

ネルヘッタとボリヴィエがいなくなった後、

「手間をかけさせたね。システィ」

キリクがそう声を掛けると、一人の女性が姿を現した。

つい先ほど、ネルヘッタの首元へ刃を当てたのは彼女――システィであり、かつてはアーヴァント・リンヴルムに仕えていたこともある。

もっとも、アーヴァントに従うように指示したのはキリクであるが。

「この程度のこと、私にとっては造作もないことです。しかし、仮に彼らが拒絶した場合にはどうするおつもりでしたか？」

「いや、彼らは十中八九、僕の提案に乗るだろうと考えていたよ。現状、彼らの立場は王国内でもかなり厳しいところにある――むしろ、キッカケが欲しかったはずだ。次代の王として選ばれたフレア・リンヴルムを排除し、自分達が生き残る術《すべ》を。後は、僕にそれだけの力があることを示せばいいだけさ」

「なるほど。それでしたら、お役に立てたことは光栄です」

「ああ、君達にはいつも助けられているね。ハイン——君も偵察、ご苦労だね」

キリクがそう言うと、部屋の中に入ってきたのはハイン・クレルダだ。

彼女もまた、キリクの指示によってルーテシア・ハイレンヴェルクの下にメイドとして仕えていた。

今はメイド服ではなく、ローブやフードによってその姿が見られないように隠し、表情もまるで人形のようで、

「……はい。ご命令通り、王宮の内情を調査して参りました」

「それで？」

「フレア・リンヴルムは自身が次期王であることを公表するつもりのようです。実際に公表するのは一月後——その前に何度か発表のための予行があるようです」

「一月後か。演出するなら、その時に暗殺するのが最も劇的で綺麗か」

「……」

キリクの言葉を受けても、ハインは特に反応を示すことはない。

無言のままの彼女に、キリクは問いかける。

「まだ報告していないことがあるだろう？」

「いえ、報告は以上――」

「ハイン、僕に対する隠し事は意味がない。あるいは、報告する価値はないと考えているのかな？　判断するのは僕だよ」

わずかにハインの表情が揺らいだ。

彼女は優秀で――感情をほとんど完全に殺して、今のように話すことができる。

それでも、キリクはまるで心を読んでいるかのように、ハインがあえて報告していないことがあると分かっていた。

「キリク様には全て報告しなさい、ハイン。それとも、まだくだらないことを考えているのですか？」

システィが咎めるように、鋭い視線をハインに送る。

それは殺気に近いものがあり、ハインの返答次第では容赦なく始末する――そんな気すら感じさせるものだ。

それを、キリクは左手を軽く上げるだけで制止する。

「システィ、話しているのは僕だ」

「！　し、失礼致しました」

システィはすぐにその場に膝を突き、顔を伏せた。

キリクは改めて、ハインへと問いかける。

「さて、話の続きをしよう。もう一つ報告すべきことは何かな？」

「……一週間後、模擬試合が行われるようです」

「模擬試合？　誰と誰の試合かな？」

「一人はフレア・リンヴルムの護衛であり、近衛の騎士であるエリス・フォレット。もう一人は――ルーテシア・ハイレンヴェルクの雇われの護衛である、シュリネ・ハザクラです」

「！　ほう、それは中々面白いカードだ。クロード・ディリアス亡き後――王国最強の騎士と言えば、エリスだろう。かたや、クロードを打ち倒した流浪の剣士……せっかくそんな面白い余興があるというのに隠さないでくれよ」

「それは――」

「ああ、心配ない。僕は別にルーテシアに対しては、何の感情も抱いていないよ。あの状況からむしろ、よく生き残ることができた……そう褒め称えるべきだろう。まあ、それを可能にしたのも、シュリネという少女のおかげだろうか」

キリクは確かにルーテシアに対しては、言葉の通り計画を邪魔された――などと、怒りや恨みの感情を持つようなことはしていない。

ただし、もう一人の少女、シュリネに関しては興味があった。

「年齢は十五、六くらいだったか。クロードが負けるとは、僕も全く予想はしていなかったからね。東の国というと、『彼女』の出身でもあったか。それほどの手練《てだ》れの話は聞いたこともないが——おっと、話が逸れてしまったね。その試合に関しては……そうだね。システィとハインの二人で監視程度に済ませてくれて構わないよ。エリスとシュリネの二人の実力を改めて確認するちょうどいい機会だからね」

「承知致しました。ハイン、監視ポイントについてはすでに押さえてありますね？　後ほど共有をしてください」

「……はい、承知致しました」

キリクとしては、そこで仕掛けるつもりも予定もない。

あくまでも敵勢力の要であろう二人の実力を確認しておく、というだけだ。

何せ——フレアを始末するために、その二人と戦うことになる可能性が高いのは、システィとハインなのだから。

第二章　最強を決める戦い

――一週間が過ぎるのは早く、すぐに試合の日はやってきた。

「人を呼ぶ、的なこと言ってたけどさぁ……思ったより多くない？」

シュリネは少し呆れたような表情で、会場の方に視線を送る。

王宮内に常駐している騎士も多いため、訓練場は用意されている。

今回、シュリネとエリスが試合を行う場所であり、基本的に一般開放はされていない
――故に、ここにいるのは王宮内を出入りできる騎士や貴族、王族の関係者というところなのだが、ほとんどは試合を見学しに来た騎士ばかり、というところか。

「仕方ないわよ。フレアも言っていたでしょう？　王国で一番強い人が決まるかもしれない――そういう試合なんだから」

シュリネの言葉に答えたのは、ルーテシアだ。

ルーテシアは観客席からではなく、シュリネの側で試合を見守ることにしたらしい。

「大袈裟《おおげさ》だなぁ。結局は『試合』なんだからさ」

「……そんなこと言って、さっきからちょっと楽しそうじゃない？」

「ん、そう？」

シュリネは惚《とぼ》けた表情を見せるが、ルーテシアの指摘は概ね正しい。

そもそも、試合を提案したのはシュリネであり――この場が設けられたのは、シュリネの望みが叶えられた結果なのだから。

ただ、多くの観客がいることに関しては、別にシュリネはどうとも思っていない。

重要なのは――エリスの方だ。

何かと口うるさい彼女だが、剣の腕が立つことは間違いない。

だが、あの態度から察するに、フレアから言わなければ間違いなくシュリネの提案を受け入れることはなかっただろう。

あくまで、剣はフレアのためだけに振るい、それ以外のことについては使わない。

徹底して『彼女の騎士』として務め上げている、と言ったところか。

「隠さずに言えば、強い相手と斬り合うのは好きだからね」

「私には分からないけれど、そういうものなのね。でも、試合なのだからお互いに怪我はしないようにね？」

「試合でも怪我くらいはするものでしょ。それに、向こうはたぶん加減とかするつもりないだろうし」

そう言って、シュリネはちらりとエリスのいるであろう方向へと視線を送る。

まだ姿の見えない彼女だが――伝わってくるのは殺気にも近い張り詰めた感覚。

「試合でも楽しめそうではあるね」

「え？」

「ん、こっちの話。そろそろ時間だし、行くよ」

「そうね。でも、本当に無茶はしないでよ？」

「ルーテシアは心配性だね。わたしはあなたの護衛なんだから、無茶の一つや二つはするのが当たり前なのに」

「それは――否定できないのだけれど、その、仕事以外ではあまり無理をしてほしくはない……って言うのは我儘《わがまま》かしら？」

ルーテシアはどう言ったものか、といった様子で言葉を選ぶような感じだった。

彼女がどういう意図でそれを口にしているのか分からないが、シュリネは小さく微笑《ほほえ》むと、

「ルーテシアがそう言うなら、怪我しない程度に頑張るよ」

そう答えて、手をひらひらと振りながら会場の方へ向かう。

改めて会場を見渡すと、フレアの姿が目に入った。

彼女もこちらに気付いたのか、小さく会釈をするような仕草を見せる。

ルーテシアとは違い、エリスの側から見守ることをしないのは――王族として公平性を保つため、というところか。

多くの騎士達が見守る中、シュリネに続いて姿を現したのはエリスだ。

シュリネが姿を現した時とは違い、一部の観客席から歓声が上がる。

彼女の部下か、単純に慕っている者か――どうあれ『フレアの付き人』としての振る舞いが強く、あまり表立った活動はしていないらしい彼女も、一定の認知度はあるようだ。

「もしかしてあんまりやる気ないんじゃないかと思ってたけど……そうでもないみたいだね」

シュリネが言うと、向き合ったエリスは静かに口を開く。

「先に断っておくことがある」

「ん？」

「私は貴様が嫌いだ。フレア様が許されようと、ルーテシア様の護衛であろうと関係ない。礼節を弁《わきま》えず、無礼な態度を変えることもなければ直そうという気概も全く感じられない」

――出てくるのは、またしても小言ばかりで、シュリネは思わず顔をしかめる。だが、次の言葉で表情を変えた。

「そして何より、驕《おご》りが過ぎるというものだ」

「……驕り？」

「私の実力は――決してクロードに劣るわけではない。それでも確実に勝てる、という自信さえ貴様からは感じられる。それを驕りと言わずに何と言う？」

「そんなの、戦う前から負けることなんて考えるわけがないでしょ」

シュリネは常に勝つことしか考えていない。

シュリネの戦いにおいて敗北はほとんどが死に直結するものばかり――負けを認めるということは、全て終わることと同義なのだ。

「確かに、貴様にはそう言い切るだけの実力はあるのだろう。だが――」

エリスは腰に下げた剣を抜き放つと、構えを取った。

「私をこの場に立たせたことを、後悔させてやる」

「前置きが長いね。でも、やっぱりやる気は十分じゃん」

シュリネは笑みを浮かべると、刀を抜いた。

フレアからもらった刀ではなく――まだ新調したばかりの新しい得物だ。

魔力を延々と吸われ続けるあの刀は、普段使うにはあまりに使い勝手が悪すぎる。

故に、シュリネは二本の刀を持ち歩くようになっていた。

ほとんど同時にその場から駆け出して、二人の刃が交わり――試合が始まった。

――金属のぶつかり合う音が響き渡り、それが幾度となく続いた。

シュリネとエリスは訓練場の決まった範囲で戦うことが決められている。

これは試合である以上、ある程度のルールは存在している。

場外から出た時点で敗北であり、お互いの命を奪うことも許されない。

シュリネからすれば、命を懸けない戦いは珍しい方で、握っているのは真剣であるが
――エリスを斬るわけにはいかない。

無論、お互いに実力者である以上、武器が本物であろうと偽物であろうと当てずに止めることは十分に可能だ。

その上で、シュリネは当てるつもりで刀を振るっている。

だが、エリスはそれを見事に捌《さば》いてみせた。

そして、シュリネに対する反撃を見れば分かる。彼女もまた、シュリネに当てるつもりで剣を振っているのだ。

「――っと」

素早い剣撃に、思わずシュリネは声を漏らす。

あとわずかに反応が遅れていたら、シュリネの身体に剣が届いていただろう。

別に見くびっていたわけではないが、想像以上だったことには違いない。――エリスの実力は、クロードに引けを取らないものだろう。

ほんの少し刃を交えただけでも、シュリネはそう判断した。

「中々やる――」

シュリネが口を開いた瞬間、眼前に刃先が迫る。

咄嗟に身体を後方へと逸らし、その勢いのまま片手を地面につけて、跳ぶ。

エリスが追撃を仕掛けようとするが、シュリネが刀を振るってそれを牽制《けんせい》した。

剣で防ぐとようやく、エリスの動きが一度止まる。

「……口を開く暇など与えると思うか？」

「なるほどね」

それを伝えるために、一度動きを止めたようだ。

シュリネは肩を竦《すく》めながらも納得して、再び構えを取る。

会場内は――気付けば静寂に包まれていた。

響き渡るのはシュリネとエリスが刃を交えた時の剣撃の音で、中には二人がどう戦っているのか、それすら理解できていない者もいる。

真正面からの打ち合いでも、どちらかが押されるという状況には一切ならない。

――シュリネの戦闘スタイルは、素早い剣撃と身軽な動きを合わせた速度重視のものになる。

派手さはほとんど持たず、魔法も好んで使う性質ではない。

おそらくエリスも似たようなタイプであるが――唯一違う点があるとすれば、彼女は自身の強化に魔法を使っている。

シュリネは魔力の流れを見るのはそれほど得意ではないが、着込んだ鎧や剣から感じられる魔力は――風。

本来であれば、鎧や武器の重さも考えると、シュリネよりも重さのあるエリスが速さで勝つことが難しい。

それを可能とするのが魔法だ。

シュリネは握った刀に最低限の魔力を流し、硬度と切れ味を上昇させる、という魔法と呼ぶにはあまりにシンプルな手法を使っている。

実際、武器を扱うほとんどの者は、ここに魔力においては属性を付与するなど、何かしら『強化』を行うものだ。

クロードの場合は溢《あふ》れ出る異能とも呼べるほどの魔力を使い、攻撃力と防御力を両立させていた。

エリスの場合、魔力自体はさほど多く使っていないが、絶妙とも言えるコントロールを行っている。

一切の無駄がなく、相手に応じた調整を行っている——それも戦闘中に、だ。

幾度か感じた魔力の変化を経て、シュリネに対する魔力量の適正を見極めたのだろう。

（速さはほとんど同じだけど攻撃力は若干、向こうの方が『上』かな）

シュリネは手の痺《しび》れを感じながら、同じくエリスとの戦いで調整をしていた。

エリスの持つ剣は重量だけで言えば、シュリネの刀よりも重く、刃を交えるごとに負担が増えていくのはシュリネの方だ。

時折、回避に専念するのは——このまま同じように斬り合っていたら、先にシュリネの握る刀が飛ばされる可能性があったから。

だが、避けるのも容易ではない。

先ほどから、わずかに服を剣先が掠《かす》めており、届いた刃は皮膚を裂いてじわりと出血していた。

この程度でシュリネの動きが変わることはないが、どうあれジリ貧ではあった。

「……何を笑っている」

不意に口を開いたのはエリスだ。

思い切り剣を振るって、シュリネの刀を弾《はじ》き飛ばそうとする。

だが、勢いを殺すために後方へと跳び、互いに構えを解かないままに、再び動きを止めた。

「わたしとは喋《しゃべ》らないんじゃなかったの？」

「私の言うことは聞かないだろう。素直に質問に答えろ」

「そりゃ、楽しいからに決まってるでしょ」

「……楽しい？」

エリスはわずかに眉を顰《ひそ》め、シュリネを睨《にら》んだ。

「分かっているとは思うが、貴様は不利な戦いを強いられている」

「そうだね。下手をすれば負けるかもしれない戦い――こういうのはさ、経験できるだけ得だから」

「……物好きだな。聞いて呆れる」

「その割にはさ、あなたも少し楽しそうに見えるけど」

「――なんだと？」

エリスの表情が一層、険しくなった。

今の表情からはほとんど感じられないが、斬り合っていたシュリネだからこそ分かる。

戦い始めにあったのは殺意に近い感情であったが、今は少し変化してきていることに。

＊＊＊

――戦いを楽しむなどという感情を抱いたことはない。

エリス・フォレットにとって、剣を握って戦うことは、すなわち主君のために他ならない。

生まれも育ちも騎士の家柄で、いずれは王家に仕えることが定められていたエリスには、シュリネの言葉は予想もしていないことであった。

文字通り、血を吐くような努力を続け、同世代の友人など一人もいない。

ただ、フレア・リンヴルムという少女を守るために、それだけでエリスはここまで強くなったのだ。

「……私が楽しそうに見える、だと？」

シュリネの言葉を受けて、自問自答するように繰り返す。

激しい戦いが続いていた最中――突如として動きを止めた二人に、会場内は徐々にどよめき始める。

「何があったんだ？」

「あれだろう、達人同士の間合いの……」

「エリス様に至っては構えてすらいないけれど……」

そんな声もエリスには届いていない。

シュリネすら、構えを解いて小さく嘆息する。

「どうしたの？　わたしの言ったこと、何か間違ってる？」

シュリネの問いかけに反応して、エリスがゆっくりと顔を上げる。

先ほどまでは視線を自ら握る剣に向けていたが――目の前に立つ少女、シュリネを真っすぐ見据えた。

――シュリネのことは嫌いだ。

それは間違いなく、単純に気に入らないだとか、気に食わないという話ではない。

彼女のおかげでフレアが王になれることには違いないのだが、不遜な態度は目に余る。

注意を決して聞くこともないが――その奔放さは、

（羨ましいと、思っていたのか……私は）

何かに気付いた素振りを見せると、途端にエリスの表情が険しくなる。

その様子を見て、シュリネも怪訝《けげん》そうな表情を浮かべた。

「……？　大丈夫？」

「――私であるべきだった」

「は？」

エリスの言葉に、シュリネが目を丸くする。

こんなこと、言うべきではない――分かっているのに、エリスは言葉を続ける。

「フレア様のために戦うのは、私であるべきだったのだ。それを、貴様のような――戦いを楽しむだと？　どこまで、私を……！」

剣の柄を強く握りしめ、エリスは駆け出す。

「愚弄する気なのだ、貴様はッ！」

「――っ！」

瞬間、シュリネは目を見開いて、大きく回避行動に徹した。

先ほどまでとは違い、エリスが剣に纏《まと》わせる魔力は何倍にも増えて、威力もその分増している。

剣先が地面に触れると轟音《ごうおん》が響き渡り、風が周囲へと吹き渡る。

観客席にまで届くほどで、およそエリスがこの場において放っていいレベルのものではない。

「エリスっ！」

声を上げたのはフレアだった。

彼女のところまでは、エリスの風の影響も少ないだろう——一瞥《いちべつ》するが、すぐにシュリネの方に視線を向ける。

「今の、当たってたら確実に死んでたよ」

「……だろうな。だが、貴様には当たらないだろう」

「そんなこと言ってさ。さっきから当てるつもり満々だし——まあ、わたし的には楽しいからいいんだけどさ」

「また、『楽しい』か……。私は貴様との戦いに楽しみなど微塵《みじん》も感じない。ただただ不快で、一刻も早くこの場を去りたいくらいだ。貴様を斬り伏せて、な」

——明確な殺意を向けるなど、許されるはずはない。

だが、エリスはシュリネに対して感情を抑えきれなくなっていた。

どこの国とも知らない少女が、ルーテシアの護衛として雇われて——結果的に、この国を救った。

そのことに関しては、エリスだって感謝している。

けれど、フレアを救うべきは自分だったのだ。

それなのに、シュリネを信じて全てを託し、エリスは結局待つことしかできなかった。

その剣でシュリネと戦い、今更楽しむことなどできるはずもない。

——分かっている、これは嫉妬だ。

エリスは今、フレアが望まない形で剣を振るっている。

「いいね、わたしはそれくらいの気概があった方が好きだよ。あなたはわたしのこと、嫌いだろうけど」

「ああ、そうしてまたへらへらと笑っている顔を見るだけで苛立《いらだ》つ」

包み隠さない本音を吐き出す。

シュリネはなおも本当に楽しそうで、おおよそエリスには理解できない感情だ。

(こんなふざけた奴を……認めるわけにはいかない)

エリスが構えると、それに呼応するようにシュリネも構えた。

先ほどとはまた違い、今度こそエリスはシュリネを本気で斬る——それほどの覚悟を決めて動き出そうとした時だ。

「エリスっ、貴女は何をしているのですかっ！」

エリスは思わず、声のした方に視線を向ける。

肩で息をするようにしながら、フレアは会場の方まで降りてきていた。

フレアのいた場所からエリスの近くに来るには、一度中を通ってそれなりの距離を移動しなければならない。

「フレア様……、ここは危険です」

「分かっています。けれど、今の貴女は冷静ではありません。わたくしは、殺し合いをさせるために貴女の試合を許可したのではないのですよ……!?」

フレアから見ても、エリスがシュリネを斬ろうとしていることが分かったのだ――否、彼女だからこそ、分かったのかもしれない。

本来であれば、エリスはここでフレアに膝を突き、許しを請うべきだ。

だが、そうはしない。

毅然《きぜん》とした態度で、フレアに対して答える。

「……私はフレア様が望むように、この国で最も強い騎士であることを証明しようとしているに過ぎません。ですから、お下がりを」

「……っ、エリス、貴女は……」

言葉では簡単に引き下がらないだろう。

だが、フレアが傍にいたままではさすがに、試合は続けられない。

どうするべきかエリスが判断に迷った一瞬、動いたのはシュリネだった。

エリスの横を素早い動きで駆け抜け、フレアの下へと距離を詰める。

「……え？」

「貴様、何を――」

エリスが言葉を言い終える前に、シュリネはフレアの身体を抱え上げ、すぐに後方へと下がった。

そして――彼女のいた場所に、『何者』かが降り立つ。

ズドンッ、と大きな爆発音と共に地震のような揺れを起こし、会場を大きく割った。

呆気に取られる人々の前に姿を現したのは、

「なるほど、いい反応だ。確実に仕留めたと思ったのだがな」

おおよそ人とは思えぬほどの――巨躯《きょく》の男であった。

＊＊＊

――突如として降り立った異様な存在に、会場内は一度静まり返った。

フレアを狙った敵であることには違いないが、この場において襲撃に気付けたのは、シュリネたった一人だ。

あるいは、エリスが冷静であったのなら――シュリネと同じように対処できたのかもしれないが。

その身体は大柄であったクロードをゆうに超えており、丸太のように太い腕は地面を軽々と砕いていた。

あの一撃が直撃していたらどうなっていたか――想像に難しくはないだろう。

パラパラと、拳に張り付いた小石を振り払いながら、大男はゆっくりとした動きでシュリネと向かい合った。

黒を基調とした布のような物を全身に巻き、大きなローブで身体を覆い隠している。

それでも隠し切れないほどの肉体だが、顔についてはマスクで完全に覆い隠されているため、確認できない。

「ふむ……随分と小さいな」

大男はポツリと、シュリネを見て呟くように言った。

「あなたからすれば、大体の人は小さいでしょ」

「サイズの問題で言えばその通り。だが、俺の言う小さいとは――」

「し、侵入者だ！　フレア様をお守りしろ！」

そこでようやく、一人の騎士が声を上げた。

呼応するように、数名の騎士が観客席から飛び出すようにして、大男の下へと向かって行く。

「やれやれ……」

小さく嘆息すると、大男は向かってくる騎士に対してゆっくりと拳を振るった。

それはまだ触れるか触れないか、という距離であったが——パンッと大きな破裂音を響かせたかと思えば、騎士は身体のあちこちから出血し、その場に倒れ伏す。

「ひ……っ」

すぐ近くでその血を浴びた騎士は、腰を抜かしてしまっていた。

「お前も邪魔だな」

そのまま、腰を抜かした騎士にも大男は手を伸ばし——風の刃の直撃を受けて、大きく出血した。

放ったのはエリスであり、大男はちらりと顔を彼女へと向ける。

「悪くない一撃だ。普通の奴なら、腕の一つは飛んでいただろうが」

「何……？」

大男の動きは止まらない。

出血したままの腕で、腰を抜かした騎士をつまみ上げたかと思えば、観客席の方へと放り投げた。

決して小さいわけではない人間一人が、軽々と数メートル近くの距離を飛んでいく。

「あ、貴方は一体……何者なのですか……！」

そこで、ようやくフレアが口を開いた。

シュリネが支えてはいるが、身体は震えており、立ち上がることも難しそうだ。

目の前で起きた光景を踏まえれば——自分が間違いなく死んでいた、という事実がそこにあるのだから、当然と言えば当然かもしれない。

「お前の質問に答えずとも、見れば分かるだろう。フレア・リンヴルム——第一王女であるお前を殺すためにやってきた……すなわち、暗殺者といったところか」

「あ、暗殺……!?」

「さすがに目立ちすぎでしょ、その図体でさ」

シュリネは呆れたように大男に言い放つ。

大男はポリポリと、仮面の上部分を指で掻《か》く仕草を見せ、

「だが事実だ。フレア・リンヴルムを殺す以外に俺の目的はない。邪魔をしなければ、こ

れ以上の犠牲は出ることもないというわけだ」

そう、言い放った。

先ほどの騎士に対しての攻撃は見せしめ、といったところか。

実際、多くの騎士が怯《ひる》んでその場から動けずにいた。

この試合を観戦に来ていた騎士の多くが、まだ若く経験の浅い者であることも理由にあるだろう。

怯んでいないのはシュリネと、

「……フレア様の命を狙っているなどと、私の前でよく言えたものだ」

怒りに満ちた口調で剣を構える、ユリスだけだ。

彼女はちらりとシュリネに視線を向けると、小さな声で言う。

「フレア様を頼む」

返答を待たずに、大男に向かって風の刃を放った。

シュリネはそれに合わせ、フレアの身体を抱えてその場から退避する。

向かったのはルーテシアの下だ。

「フレア、大丈夫――」

ルーテシアが恐怖で満足に動けない状態のフレアに声を掛けようとするが、シュリネはすぐに彼女の手を取ってその場を離れようとする。

「ちょ、シュリネ……!?　何をしているのよ!?」

「何って、ルーテシアの安全確保」

「安全確保って……私だけ連れて逃げるって言うの!?」

言葉を受けて、シュリネは動きを止めた。

振り返ったシュリネの表情はいつになく真剣で、ルーテシアはその顔を見て怯む。

小さく息を吐き出して、

「私の役目はあなたを守ること。王女様の護衛じゃない」

シュリネははっきりと宣言した。

「そうかもしれないけれど、フレアは動ける状態じゃないわ！」

「騎士様が足止めをしてるから。まずはルーテシアの安全が第一だよ」

「だ、だからって……！」

ルーテシアの手を握ったまま、シュリネは再び歩き出そうとする。

彼女が抵抗していることはすぐに分かり、無理やり連れて行こうかと悩んだ時だった。

「あ、貴女らしくないじゃない！　どうして、『逃げる』っていう言葉を否定しないのよ！」

「否定はしないよ。今はそうだから」

「今はって……そんなの——まさか、貴女がそうせざるを得ないほどの、相手ってこと……？」

シュリネは再び動きを止め、今度はきちんとルーテシアと向き合った。

「うん、『あれ』は普通じゃない。わたしは戦う前から負けることは考えないけど、それはあくまで『人のレベル』での話だから」

シュリネの言葉に、ルーテシアは息を呑んだ。

——どれほどの強敵が相手だろうと、決して怯むことなく、逃げるなどという言葉を口にしない彼女が、ルーテシアを無理やりにでも連れて逃げようとする相手だ。

実際、目の前で起きた光景は、ルーテシアだって見ている——シュリネの言葉が事実であることは、よく分かっていた。

「狙われてるのが王女様なら、まずはあなたの安全を確保することが先決だから」

シュリネの言うことは間違ってはいない。

契約に従えばその通りで、シュリネにとって守るべき存在は、あくまでルーテシアだけだ。だが、ルーテシアはシュリネの手を強く握り締め、その場から動こうとはしない。

「……ルーテシア？」

「分かっているわよ。貴女の言うことは、きっと護衛としては正しいのかもしれない。でも、フレアは私の親友、なの」

その表情は悲痛で――そして、懇願するものでもあった。

「置いては行けない。行けないけれど……貴女の判断も間違っては、いないのも分かる」

「はっきり言いなよ。言いたいことはさ」

「……貴女が勝てないかもしれない相手との、戦いを強制するようなことは……」

その瞬間、ルーテシアが何を迷っているのか、シュリネにも理解できた。

親友のフレアと護衛のシュリネ――二人を天秤《てんびん》にかけ、その答えが出せずにいるのだ。

気付いた時、シュリネは思わず笑ってしまっていた。

「な……この状況で何で笑うのよ！」

「ルーテシアはバカだね」

「！　バカって……」

シュリネは彼女の手を放す。

「何度も言うけどさ、わたしは貴女の護衛だよ？　戦わないなら、護衛の意味なんてないじゃん」

「それは……」

言い淀《よど》むルーテシアだが、先ほどの彼女の言葉を思い出す。

——仕事以外ではあまり無理をしてほしくはない……って言うのは我儘かしら？

シュリネに無理をしてほしくない、と言いたいのだろう。

「ルーテシア、これは仕事だよ。貴女が望むのなら、わたしはその役目を果たすだけ」

「シュリネ……」

ルーテシアの護衛ではあるが、確かにあの男は脅威だ。

彼女を狙わないとも限らないのだから、ここで決着をつけるのも選択肢に入るだろう。

ルーテシアが口を開こうとした瞬間、

「エリスっ！」

大きな声で叫んだのは、フレアだ。

見れば、エリスの剣は大男の身体を貫いている——が、大男の動きが止まる様子はない。

「バカな、確実に身体を貫いているはず……！　それに、貴様の腕は確実に……」

「中々の強さだが、クロードほどではないようだな。お前はもう死んでいい」

巨大な腕が、エリスに向かって振るわれた。

——直撃すれば確実に死ぬ。

おそらく、頭部が千切れて吹き飛ぶだろう。

この瞬間、エリスが見ているのは走馬灯――間違いなく、命を落とす瞬間だった。

だが、誰よりも素早い動きで距離を詰め、シュリネはエリスの頭部を掴むと、当たるか当たらないかという、ギリギリのところで下げさせた。

「……っ、本当、危なかったね」

「……！」

エリスは驚きの表情でシュリネを見る。

だが、ここで話し込んでいる暇はない。

大男を前にして、シュリネは腰に下げた刀を抜き放つ。

「今度はわたしが相手だよ」

「ほう、そうか。お前は賢明だと思っていたがな」

先ほどの撤退の判断をしたことを言っているのだろう。

皮肉交じりだが、シュリネは笑ってみせる。

「わたしは結構、バカな方なんだよね」

言うと同時に、シュリネは動き出す。

大男との間合いを計り、シュリネは距離を詰めた。

動きはそれほど早くないが、先ほどの攻撃――当たらずとも、致命傷になり得るのは分かっている。

まずは一撃。滑るように移動しながら、足へと刀を振るう。

太腿《ふともも》の辺りから大きく出血するが、大男は怯む様子もなく、シュリネへと大きな拳を繰り出した。

地面を蹴って、必要以上に大きく回避する。

通常、魔力であれば多少なりとも感じられるはずだが――あまり強くは感じられない。

クロードのように大量の魔力を纏っているわけでもなく、普通の刀でも戦うことはできそうだ。

――それなのに、背筋が凍るような感覚が常にある。

まだ一撃しか当てていないというのに、額からは汗が流れた。

あるいは、『痛み』によるものか。

「ふっ」

小さく息を吐きだして、シュリネは止まることなく動き回る。

再び距離を詰めて一撃を繰り出そうとするが、大男が動くのを見て、すぐに後方へと下がった。

「随分と慎重だな。素早い動きは小動物のようだ」

「それって褒めてるの？」

「評価はしている。だが、先ほども言った通りだ──お前はあまりに小さい」

「あなたに比べたら──って、さっきもこのやり取りしたでしょ。身体の話じゃないんだよね」

「俺が言っているのは魔力の話だ。フレア・リンヴルムの持つ魔力も相当に少ないが、お前も同等か……あるいはそれ以下か？　小さく脆《もろ》い存在だ」

「魔力の量が絶対ってことはないでしょ。あなたの攻撃はわたしに当たってないけど、わたしの攻撃はあなたに当たってる。繰り返せば──」

そこまで言って、シュリネの表情は険しくなった。

先ほど斬ったはずの足からの出血が、すでに止まっている。

見れば、エリスが一撃を与えたはずの腕も、だ。

魔法で止めているだけか──そうも考えたが、動きが一切鈍らないところを見ると、おそらくは再生している。

（……もしそうだとしたら、今の戦い方じゃ勝てないね）

大男はあまりに大柄で、確実に仕留めるなら深く斬り込まなければならない。

しかし、相手の間合いに入るのもリスクが大きい。

ただでさえ、防御手段に乏しいシュリネは基本的に回避に徹するほかない。

だが、いくら相手の動きが遅いとはいえ——踏み込みすぎれば、手痛い反撃を食らうのは目に見えている。

そして、一撃でも受ければ命を落とす可能性があるのだ。

次にどう動くか、シュリネが考えを巡らせていると、背後でエリスが動く気配を感じた。

シュリネは視線を逸らすことなく、言い放つ。

「王女様のところに行きなよ。本来、護衛をするのはあなたの役目なんだから」

「……貴様に、助けられるとは。何故、私を——いや、今は問うべきではない、か」

先ほどとは違い、エリスも冷静になっている。

彼女は、下がることなくシュリネの横に立とうとする。

「邪魔だよ、今のあなたは」

それを制止したのは、シュリネだ。

はっきりと口にしたことで、エリスはその場で動きを止める。

——シュリネが助けに入らなければ、彼女は間違いなく死んでいた。

今、もう一度加勢してもらったところで、同じ状況になった時に助けられるか分からない。

一対一であれば、そのリスクは避けられる。

現状、エリスにこの場を任せることはできないと、シュリネは判断していた。

そして、エリスもまた理解できているのだろう――反論することなく、彼女はフレアの下へと向かう。

「いいのか？　あれでも戦力にはなるだろう」

「一対一の方がやりやすいよ。即席の連携ができるほど仲良くないし」

「そうか。では――今度はこちらから行くぞ」

「！」

大男が、動き出す。

一歩地面を踏みしめるだけで小さな揺れが発生した。

やはり、動きは速くない。

なるべく距離を取るために、シュリネは大男の背後へと回る。

「――見誤ったな」

大男の言葉に、シュリネは己の失態に気が付いた。

大男は、シュリネの方を一切振り返ることなく、真っすぐフレアの方へと向かっている。

――当たり前だ、狙いはフレアなのだから。わざわざ、逃げ回るシュリネを相手取る必要などない。

「この……っ」

以前にルーテシアを庇《かば》った時とは、状況が違う。

シュリネでは、この男を止める手立てがない。フレアの傍にはエリスともう一人――ルーテシアがいる。

エリスは二人を抱えて逃げることはできないだろう。他にも数名騎士がフレアとルーテシアを守ろうとするが、足止めにすらならないことは明白だ。

すぐに、駆け出してルーテシアの下へと向かう。

だが、距離が遠い――先に着くのは、大男の方だろう。

エリスが剣を構えるが、おそらく彼女も動きを止めることはできないはずだ。

シュリネは判断を迫られる。

一か八か、距離を詰めて大男の首を刎《は》ね飛ばすことだ。

確実に落とすには、刀で直接斬るしかない――それはすなわち、跳躍して近づくことだ。

もし、大男が振り返って一撃を繰り出したら、空中では回避する術はない。

脳裏に過ぎるのは、先ほどの騎士への一撃。

（そんなこと、考えてる場合じゃないか……！）

迷いは確実に動きを鈍らせる。シュリネは勢いよく地面を蹴ろうとして——全く違う方角から、短刀が飛翔してくるのが見えた。

シュリネは思わず動きを止めて、それを弾く。

ここに来て、敵の伏兵が姿を見せたのだ。

人影は二人。一人はシュリネに向かって短刀を投げた人物。もう一人は、大男の前に姿を現すと、身体から伸びる細い糸のような物を伸ばし、それを大男の身体へと巻き付けた。

周囲の建物に糸が伸びて、あちこちに投擲《とうてき》された短剣にも糸が括《くく》りつけられている。

瞬間——会場のあちこちで破壊音が鳴り響いた。

大男に巻き付いた糸が強く引っ張られ、そのまま周囲を破壊したのだ。

それだけ見れば、やはりあの男の力は人のそれを超えている——だが、フレア達の下へと辿り着く前に、大男の動きは止まった。

「……何の真似だ、俺の邪魔をするとは」

大男が口を開く。

シュリネに攻撃してきた以上は、味方ではないはず。

大男の動きを止めた人物は、フードを目深に被《かぶ》ったままで、その顔の表情は確認できない。だが、

「それはこちらの台詞《せりふ》です。誰の許可を得て、王女の命を狙っているんですか？」

「――え？」

声を聞いて、誰よりも驚いた様子を見せたのはルーテシアだった。

それを無視して、大男は会話を続ける。

「お前達の許可などいらん。俺がそう判断した」

「それではこちらが困るんです。どうか、ここは退いてくださいませんか？」

「俺に指図するのか？　聞いてやる義理はない」

大男は再び動き出そうとする。

しかし、まだ身体には細い糸が巻き付いており、動きはさらに鈍くなっていた。

あちこちから出血しており、足止めには十分な効果がある。

その隙を見て、シュリネは大男の前に回った。

「あなたの相手はわたしだけど――なんか、状況がいまいち掴めないね。味方同士じゃないの？」

「そんなことを確認している暇があったら、斬りかかってくればいいだろうに。何故、俺の隙を突かなかった？」

「隙って言うほどの隙はないでしょ。まあ、仮に斬れたとしても、フェアじゃないしね」

「フェアだと？　ふ――はははははははっ！」

大男が笑うと、大気が震えた。ひとしきり大きな声で笑った後、

「お前、名前は何という？」

不意に、そう尋ねてきた。

「シュリネ・ハザクラだけど」

「ハザクラ？　そうか――お前が。なかなか面白い巡り合わせだ」

「……？　わたしを知ってるの？」

思わぬ反応で、シュリネは怪訝そうな表情で大男を睨む。

ぶちぶちと音を立てながら、身体に巻き付いた糸を引きちぎると、大男はシュリネに対して背を向けた。

「気が変わった。ここは素直に退くとしよう」

「！　あなたみたいな危険な相手、逃がすと思う？」

「やめておけ。その腕では、どうあれ全力は出せまい？」

シュリネは指摘されて、思わず左腕を隠すような仕草を見せた。

先ほどの戦いから――ずっと左腕は使っていない。否、使えなくなっていたのだ。

「俺の名はディグロス。シュリネ、次に会う時を楽しみにしている。その時は……全力で

戦ってやろう」

そう言い残して、大男――ディグロスはその場を去って行った。

シュリネに短剣を投げた人物も、気付けば姿はなく、残ったのはディグロスの動きを止めた一人の女性。

シュリネが問いかける前に、ルーテシアが口を開いた。

「これは、どういうことなの――ハインっ」

シュリネも気付いていた。

ルーテシアは、声ですぐに分かったのだろう。姿を消していた彼女が、こんな形で姿を現したのだ。

ハインの様相は、最後に見た時とはまるで違うものであった。

ローブに身を包んでいるが、黒を基調とした革製の衣服に身を包み、先ほどディグロスを止めた糸をなびかせながら、冷ややかな視線でルーテシアを見る。

「お久しぶりです、お嬢様」

「久しぶりなんて、言っている場合じゃないでしょう。貴女、一体今までどこに……！

それに、王女の暗殺って、どういう――」

ルーテシアが問い詰めながら近づいていくが、それを止めたのはシュリネだ。

目の前に、一本の糸が小さな音を立てて動くのが見える。

「護衛としての役目はきちんと果たしているようですね。よく見ています」

「……？　何を言って……？」

「ハインは今、ルーテシアを攻撃しようとしたんだよ」

「――え？」

ルーテシアは驚きに満ちた表情を浮かべた。

当たり前のことだろう、久しぶりに姿を見せたハインが――唯一の家族と言ってもいいほどの相手が、ルーテシアの明確な敵対の意志を示したのだから。

シュリネが止めていなければ、あの鋭い刃のような糸が、ルーテシアの顔に当たっていたかもしれない。

鋭い視線を向けて、シュリネはハインに言い放つ。

「ルーテシアはずっとあなたの帰りを待ってたんだよ？　それなのに、どういうつもりなのさ」

「私はもう、お嬢様のメイドではありません。今は、フレア様の暗殺を目論《もくろ》む者に加担している身ですから」

「……！　フレアの暗殺だなんて、冗談でも言っていいことではないわ！」

「冗談で、このような場所に来るとでも？　フレア様、私からのアドバイスを一つ――今一度、王位の継承については諦められた方がよろしいかと」

「な……」

そう言われ、フレアは言葉を失っていた。

エリスがフレアの前に立ち、ハインに剣先を向ける。

「自ら逆賊を名乗るか。この私の前で……！」

一触即発――すぐにでも斬り合いが始まろうかという雰囲気だったが、

「今、私はあなた方と戦うつもりはありません。このまま退きますので、フレア様はどうかご検討のほどを」

そう言って、ハインは背を向ける。

「待ちなよ。あなたまで逃がすと思うの？」

「先ほどの男も言っていたでしょう。『その腕』、早く治療した方がいいですよ」

「！　その腕って……シュリネ、どうかしたの？」

「気にしなくていいよ。ハインのことを優先して」

「お嬢様、シュリネの左腕ですよ」

そう言い残すと、ハインはすぐさま駆け出した。

「！　逃がすか――」

「シュリネ、待って！」

声を上げたのはルーテシアだ。

追いかけようとしたシュリネだが、彼女が服の裾を掴んでいたために、動きを止める。

「ハインが目の前にいるのに、どうして止めるの？　このままだと逃げられるよ」

「……左腕、見せてちょうだい」

「大したことないから」

「いいから」

「ハインが――」

「ハインも大事だけれど、貴女のことも心配なのっ！」

面と向かって言われ、シュリネは渋々、袖を捲《まく》った。

それを見て、ルーテシアは目を見開く。

「っ、そんな……」

爪は全て割れており、指も本来ならば曲がるはずのない方向を向いている。皮膚は裂け、腕自体がへし折れている――そう表現すべきだろうか。

常人ならば、間違いなく悲鳴を上げていて動けなくなるような、そんな状態だ。

「すぐに治療をしないと……！　応急処置は私がするわ！　誰か、救護を呼んで！」

ルーテシアの言葉に反応して、騎士の一人が駆け出した。

何名かはハインの後を追うが、すでに姿は見えない――おそらく、逃げられたのだろう。

「私を――庇った時か……？」

そう問いかけてきたのはエリスだ。

ディグロスの一撃が彼女を襲った時――確かに左腕で彼女の頭を下げさせ、攻撃を回避した。

それ以外の身体の部位はなるべく拳から遠ざけ、できるだけ触れないように。

結果、触れてはいないのにこの有様だ。

「あなたのせいじゃないよ。間合いを見切れなかったわたしの責任」

「だが――」

「あなたの役目を忘れるべきじゃない。今は王女様に付き添ってあげなよ」

「……っ」

シュリネが語気を強めると、エリスは押し黙ってフレアの方へと戻っていった。

気にされる方が迷惑だ、とシュリネは考えていた。

ルーテシアが治療を始めるが、その表情は険しい。

「……こういうタイプの怪我は、私の治癒ではたぶん難しいから。止血を中心に行うわ。それと、痛みもなるべく和らげるから」

「ハインを連れ戻せる機会だったのに」

シュリネは少し怒ったように言った。

ルーテシアは今まで――ハインのことを忘れたことなどない。彼女が定期的に王都を訪れ、ハインの行きそうな場所を捜していたことはよく知っている。

だからこそ、シュリネではなく優先すべきはハインだったのだ。

「……お願いだから、今は何も言わないで」

「言わせてもらうよ。この程度の傷、すぐに治療しなくたって――」

「この程度なんかじゃないっ！　貴女は大怪我をしているのっ！　私は……私だって……ハインに戻ってきてほしいと思っているわよ！　でも、貴女を放っておけるわけ、ないじゃない……っ」

ルーテシアのあまりに悲痛な表情を見て、シュリネは思わず視線を逸らす。

「……悪かったよ、もう言わない」

「……」

返事はなかったが、ルーテシアの治療は続けられた。

ルーテシアが一番、混乱しているし困惑しているに違いない。

ハインが敵側にいて、シュリネが大怪我をして――一度に受け止めるには、荷が重すぎるのだ。

もはや試合どころではなく、少女達にとって状況は最悪だった。

＊＊＊

「すでにご本人には説明しましたが、腕の骨の一部は砕けており、あちこち神経まで傷ついています。以前のように動かせるかどうかは……正直言って分かりません」

「……っ」

シュリネの担当医ということもあり、王宮に呼ばれたオルキスから直接、その話を聞いたルーテシアは思わず言葉を失った。

応急処置や対応が早かったために、怪我の悪化を防ぐことはできたが、やはりシュリネは重傷であった。

「形だけでも、というご本人の希望には沿いましたが、すぐにでも入院と手術をすべきだと私は思います。ルーテシア様から説得いただけませんか？」

「……本人は、治療を拒否しているんですか？」

「仕事がある、の一点張りで」

ルーテシアは拳を膝の上で握りしめる。

（……私のせいだ）

シュリネは逃げるべき――そう判断した相手だった。

フレアを放っておけないという気持ちから、ルーテシアはそれには従わず、結果的にシュリネに戦う道を選ばせてしまった。

腕一本、生涯に渡って満足に動かせない可能性があるなど、特にシュリネにとっては大きな問題だろう。

そんな状態でも、シュリネは治療せずに仕事を全うしようとしている。

「……それで、本人は？」

「処置を終えたら、もう部屋を出て行ってしまいましたよ。病院の方ではいつでもスケジュールを組めるようにしておきますから」

「ありがとう、ございます」

ルーテシアはオルキスに深々と頭を下げて、部屋を後にした。

王宮内はまだ騒がしく、騎士達が駆け回っている姿が目立つ。

突然の襲撃による王女の暗殺未遂——敵の正体も満足に分かっていない中、久々に顔を合わせたハインが、敵方にいることだけが分かっている。

「っ」

感情的に叫んでしまいたい気持ちを何とか抑え込んで、ルーテシアはシュリネを捜した。

王宮内は広く、見つけるのに時間がかかるかと思ったが——城壁の上の方で王宮の外を眺めながら座る彼女を見つける。

ルーテシアは駆け出すと、すぐにシュリネの下へと向かった。

「シュリネ！」

「どうしたのさ、そんなに慌てて」

シュリネは振り返ることなく、いつもの調子で話す。

左腕には包帯がしっかりと巻かれており、下手に動かさないように固定もされていた。

その痛々しい姿を見て、ルーテシアは改めて決意して口にする。

「……先生から、話は聞いているでしょう」

「ん、まあ予想はしてたけどね」

「予想は……していた？」

「そう、たぶん急いで治療しても意味がないって。だから、あそこで追いかけるのが正解だったって話」

シュリネはハインを追いかけようとしていた――それは、腕の怪我が簡単に治るものではないと理解していたからだ。

すぐに治らないのであれば、ハインを追いかけた方がいい、そんなシュリネの選択だったのだ。

「何よ、それ。貴女、自分のことは一切気にかけてないの……？」

「わたしは常に命がけだよ。いちいち気にかけてたらキリがない」

「そんなのおかしいわよ！　命がけだからって、自分の身体を大切にしないのは別の話じゃないっ」

こんなこと、自分に言う資格はない――分かっていても、止められない。

「私が、貴女の言う通りにしておけば……」

「そうすれば、たぶん王女様は死んでた。騎士様も。ルーテシアは間違った選択はしてないよ」

「でも、それで、貴女が――」

「ルーテシア」

少し強い声色で、シュリネが名を呼んだ。見ると、鋭い視線でルーテシアを睨んでいる。

「今、あなたが口にしようとしていることは、わたしに対して侮辱してるのと同じだよ」

「そんな、こと」

「わたしが何のために強くなったのか――今は、あなたを守るために戦ってる。これは二人の契約なんだから。心配するのは勝手だけど、わたしが負った傷はわたしだけの責任だよ。あなたの問題じゃない。それとも、ただ傍に置くためだけにわたしを雇ったの？」

「……っ」

ルーテシアは、彼女の問いに答えられなかった。

自分ばかりが負い目を感じて、心配しているような言葉を口にして――それが、シュリネに対する侮辱になるとは、考えもしていなかったからだ。

二人の関係は確かに雇い主と護衛であり、それ以上にはない。

故に、ルーテシアの過剰とも言える心配はシュリネからすれば不必要だ、というのは当然だ。

「私……は……」

言葉が出ずに、ルーテシアは押し黙ってしまう。

しばしの静寂の後、シュリネが小さく息を吐きだして、ルーテシアの傍に来る。

「心配するのは勝手、そう言ったでしょ」

「……？」

「わたしを護衛として雇ったのなら、信じてほしいから。今、この腕の治療は必要ない。それよりも、問題は王女様の方でしょ」

ルーテシアは思わず、ハッとする。

すでにシュリネは次のことを見据えている——これほどの怪我を負いながら、彼女の心は全く折れてはいないのだ。

「まさか、王女様を見捨てるなんて、言わないでしょ？」

「そんな聞き方、しないでよ」

「じゃあ、どうするの？」

覚悟を決めろ、そういうことなのだろう。

シュリネのこと、ハインのこと、フレアのこと——頭の中で考えることでごちゃまぜになりそうだが、全てに向き合うのならば、

「シュリネ、私と一緒にフレアを守って」

「——引き受けた」

いつだってシュリネは迷いなく、ルーテシアの揺れる心も正してくれる。

これから二人ですべきことは、決まったのだ。

第三章　もう戻れない

シュリネはルーテシアと共にフレアの下へと向かった。

先ほどの件以来、自室からほとんど姿を見せていないという彼女だったが、ルーテシアが訪れると、すんなりと部屋へ通してくれた。

「シュリネさん、怪我の方は……？」

「わたしの心配より自分の心配しなよ。顔、ひどいよ」

「ちょっと、シュリネ……！」

シュリネの物怖《ものお》じしない言葉に、ルーテシアが注意を促す。

実際、フレアの様子はひどいものであった。

表情を何とか作ろうとしているようだが、無理をしているのは丸分かりだ。

突然、あのような化け物とも言える存在に命を狙われれば、無理のない話かもしれないが。

本来ならば、シュリネの言葉に最も怒るであろう女性の姿が――ここにはない。

「騎士様はどうしたの？」

「……エリスのことですか？　一先ず、試合の件もありましたので、謹慎処分としました」

「謹慎？　そんなことさせてる場合なの？」

「これは必要なことです。シュリネさん、貴女にはご迷惑をお掛けしました」

フレアは深々と頭を下げる。

そんな謝罪をシュリネは必要としていない。

「別に謝ってもらうために来たわけじゃない。すぐにでも騎士様を呼び戻しなよ」

「わたくしは……この国の次代の王です。簡単に決定を覆すことなどできません」

「強がっている場合じゃないでしょう！　フレア、貴女の身に危険が迫っているのよ⁉」

声を荒らげたのはルーテシアだった。本気で心配しているからこそ、少し怒っているようにも見える。

だが、フレアは自嘲気味に笑みを浮かべ、

「ルーテシアは……すごいですね」

そんな言葉を口にした。

「すごいって、何がよ」

「貴女はずっと、こんな経験をしていたのでしょう……？　誰かから命を狙われる――わたくしにはエリスがいて、第一王女という立場があって、だからこそ……自分は安全だなんて、心の底では思っていたのかもしれません。今だって、時間が経っても震えが止まりません」

「誰だって怖いに決まっているわ。私だって、ずっと不安だったんだから」

すぐに、ルーテシアがフレアの手を強く握る。

彼女の気持ちがよく分かるのだろう――シュリネがいなければ、ルーテシアも今頃どうなっていたか分からない。

魔導列車の時に殺されていたか、あるいはそこを切り抜けても、『人斬り』によって斬り殺されていたか。

生き延びたとして、待っている未来は、アーヴァントに服従するほかなかったのだ。

けれど、今は違う。

「だから、今のうちにできることをしないと」

「……できること？」

「敵の狙いは王女様だって分かってる。幸い、ルーテシアの時と違ってこっちには戦力があるんだから、監視の強化や護衛の選定――やできることはたくさんあるでしょ」

ルーテシアには味方がいなかった。

実質的にはシュリネ一人で刺客を退けたと言ってもいい。

それに比べ、フレアを守るのは王宮にいる騎士だけではなく、全ての騎士が味方になるはずだ。

だが、フレアは首を横に振り、ルーテシアからそっと手を離す。

「わたくしには、護衛は必要ありません」

「!? 何を言っているの!? そんなこと――」

「先ほどの戦いで、一名が戦死しました。もう一名も治療中ですが……難しいと言われています。シュリネさんだって、大きな怪我を負ったはずです」

「……だから？」

シュリネが問いかけると、フレアはすぐには答えなかった。

しばしの静寂の後、ゆっくりと口を開く。

「……わたくしが王に相応しくないと思う者もきっと、少なくはないのでしょう。あれほど強大な敵を相手取るのに、無意味な犠牲を出すことはできません」

敵――ディグロスの強さは、シュリネだってよく分かっている。

戦う前から、あの男の異質さは嫌というほど理解できた。

あるいは、シュリネだからこそ理解できてしまった、というべきなのかもしれない。

まともに戦って勝つ手段があるかどうか、シュリネも判断がつかないほどだ。

つまり、フレアはいくら護衛をつけたところで無駄、と言っているのだろう。

「護衛もつけずに、どうするのよ」

「ハインさんが、助言をくださいましたね。王位を諦めれば、助かる道もあるのでしょう」

「！　脅しに屈する、っていうこと？」

「……いいえ」

ルーテシアの言葉を、フレアは強く否定した。

「今、わたくしがこうしていられるのは、貴女方のおかげです。その立場を簡単に捨てるなど、するはずもありません」

「だったら――」

「けれど、あれほどの敵がもう一度襲撃してくることがあれば、今度こそわたくしは助からないでしょう。そうであれば、できる限り犠牲は少ない方が、いいに決まっています」

「なら、あなたは何もしないの？」

「それも違います。わたくしを狙う者達については……ルーテシアの一件である程度の目星はついていますから。何とか、生き残る道をそこから探ってみようと思います」

――すなわち、フレアは自らに護衛をつけることなく、言葉での解決の道を選ぼうとしているのだ。

すでに暗殺者が送られた状況で、それはあまりにバカげている。

「そんな悠長なこと言っている場合じゃないでしょう！　命を狙う相手に話し合いなんてできるはずがないじゃないっ！」

「なら、勝てない相手だと分かっていて――わたくしのために死ぬ人間を、選べと言うのですか？」

先ほどまではやや無機質とも言えたフレアの言葉に、徐々に感情はこもってくる。

「あんな……理不尽な殺され方をして、その現場を見た騎士達だって、すっかり怯えています……！　エリスだって、シュリネさんがいなければ、命を落としていたでしょう！　わたくしのために、これ以上無駄な犠牲を出すことはできません」

フレアを守ること――それはすなわち、ディグロスと相対することだ。

もはや相手に触れることなく、殺害できる力を持つ者と。

身体が大きいだけではなく、怪力や再生能力まであることを考えれば、そこらの騎士では相手にならないことは目に見えている。

だからといって、護衛をつけないというのは別の問題だ。

「王宮にいる騎士は何のためにいるのさ。戦って死ぬのは無駄なことじゃない」

「わたくしだって、分かっています。ですが、今回ばかりは別です！　戦いにすらなっていない……あんなの、人がどうやったって勝てる相手じゃ――」

「わたしが斬る。ルーテシアはあなたを守ることを選んだから」

「！　何を、言って……」

「私が頼んだのよ。フレアを一緒に守ってほしいって」

「そんなこと、認めるわけにはいきません。ルーテシアまで危険な目に遭う必要はもう、ありません。シュリネさんの怪我だって、安静にしないでどうするのですか」

フレアの言っていることは正しい。

ルーテシアが傍にいれば命を落とす可能性だってあるし、シュリネの怪我だって軽いものではない。けれど、

「全部踏まえた上で、言っているのよ。貴女は、私を助けるために力を貸してくれた。私だって、親友のためならそれくらいするわよ」

「あの時とは、状況が違います」

「何も違わないよ。クロードは――確かに強かった。それを斬ったのはわたしだよ？　あ

のディグロスとかいう男も化け物みたいなもんだけど、人間であることには違いないんだから。斬れないわけじゃない」

「……っ」

フレアは言葉を詰まらせた。

シュリネとルーテシアは、すでに覚悟を決めている。

後はフレア自身の問題だが、それでも彼女は首を縦に振ろうとはしなかった。

「やはり、認めることはできません。わたくしのために、貴女方を犠牲にするようなことは、決して」

「フレア……っ」

「頑固なところはルーテシアにそっくりだね」

呆れたように、シュリネは溜め息を吐く。

二人で説得してもダメなら――もう一人、協力を得る必要がある。

「騎士様も、そろそろ入ってきたら？」

「……え？」

シュリネの言葉に驚いたのはフレアだ。

ゆっくりと扉が開かれると、姿を現したのは――エリスであった。

「……よく分かったな、私がいると」

エリスは部屋に入ると、シュリネに向かって言う。

人の気配くらい、エリスにだって分かるだろう。それに、

「気配を殺すのは得意じゃないでしょ、あなたみたいなタイプは」

「……ああ。その――」

「今はわたしの話じゃない」

ぴしゃり、とエリスの言葉を遮る。

おそらく、エリスが口にしようとしたのは謝罪の言葉だ。

だが、シュリネはそんなことを言わせるために、わざわざ彼女を部屋に招いたわけではない。

ややあって、エリスはフレアの前に立つ。

「フレア様――」

「謹慎するように、そう命じたはずです」

フレアもまた、強い言葉を持ってエリスを拒絶した。

先ほどまでは弱気な表情を見せていたのだが、エリスの前では改めて表情を作っている。

だが、やはり強がっているのは丸分かりだ。

「はい、確かにそう命令を受けました」

「でしたら、すぐにここを立ち去りなさい。わたくしの命令が聞けないのですか？」

「今は……今だけは――聞くことはできません」

「っ、何を……」

「フレア様をお守りすること、それが私の存在意義です。フレア様の命を狙う不届き者をこの手で討つまでは……あなたの傍を離れることはできません」

「わたくしも、一度出した宣言を簡単に覆すつもりはありません。すなわち、これはあなたの命令違反です――それを理解した上で、言っているのですね？」

「はい、如何なる罰でも受ける所存です。ただし、全てが解決してから、です」

エリスは引く様子を一切見せず、フレアもまた頑なだ。

ルーテシアは黙って行く末を見守ることしかできず、フレアが折れる形になるかどうか――というところで、シュリネは不意に腰に下げた刀を鞘ごと抜いて、フレアに対して振りかぶった。

すぐに反応したのはエリスで、片腕でそれを止める。

「ちょ、シュリネ……!?」

「貴様……！」

「反応できるなら十分――王女様、騎士様はあなたを守れるよ」

「！」

シュリネの言葉に、その場にいた全員が驚きの表情を浮かべる。

シュリネはすぐに刀を下げると、

「どっちもさ、くだらない意地張ってないで本音で話しなよ。待たされるのは好きじゃない」

シュリネの行動を受けて、しばしの静寂に包まれる。

やがて、口を開いたのはエリスだ。

「私は――シュリネに嫉妬をしていました。いや、今もしていると言えます。彼女は強く、その力を存分に振るえている。私は……あなたのために強くなったはずなのに、その役目を果たせないでいます」

「……わたくしは、どれだけ貴女に助けられてきたことか。貴女がいてくれたから、わたくしは兄上に立場を脅かされたとしても、毅然としていられたのです。だからどうか、そんな風には考えないで」

フレアはエリスの傍により、彼女を強く抱き締める。

「わたくしは……弱いです。本当は、怖くて仕方なくて――でも、王女だから。こんな情

けない姿、見せるわけには……」

「私が……守ります。この命に代えても、必ず」

「お願いだから、そんなことは言わないで」

「フレア様……？」

フレアの頬に涙が伝い、エリスは少し動揺した様子で彼女を見る。

「貴女に……死んでほしいなんて思わない。無駄な犠牲など、あってはならないのです。

ですから、わたくしを守ってください。生きて、必ず」

「――はい、エリス・フォレットの名に誓って」

エリスがその場に膝を突いて、誓いの言葉を述べる。

ようやく、フレアとエリスの心が一致した。

シュリネが小さく溜め息を吐くと、すぐ近くから鋭い視線を向けられていることに気付く。

「どうしたのさ？」

「……丸く収まったからいいけれど、刀をフレアに向かって振るうなんて二度としないでよ」

「それは悪かったって。でも、鞘から抜いてないでしょ？」

「全く……」

「ルーテシア、それからシュリネさん」

フレアから声を掛けられ、そちらに視線を向ける。

エリスはすでに決意に満ちた表情を固めており、フレアもまた、落ち着いた様子を見せていた。

「お二人にも感謝を。わたくしは……恵まれていますね」

「何を言っているのよ。親友が困っていたら、助けるのが当たり前でしょ」

「ふふっ、そう、ですね。ですが、お二人まで危険な目に――」

「そんなことはもう分かっているわ。だから、ここに来て必要ないなんて、言わないでよね？」

「……はい、お二人の気持ちは理解しました。改めて――こんなわたくしですが、宜しくお願い致します」

フレアは深々と頭を下げる。

ルーテシアはすぐに彼女の傍に寄って、

「私になんか頭を下げなくていいわ」

「そういうわけには……」

「王女様に頭を下げられるのは悪い気分じゃないけどね」

「こら、シュリネ！」

「はいはい……わたしも別に、感謝されるようなことはしてないしね」

「――シュリネ・ハザクラ」

エリスがシュリネの名を呼ぶと、目の前に立った。

先ほどとは違い、いつもの雰囲気に戻っている。

「何、また小言？」

「いや、私の不手際で貴様には怪我を負わせた。すまなかった」

「謝罪はいいって言ったでしょ。この怪我はわたしの責任」

「私の責任でもある。その上で、こんな願いを口にする私を笑ってくれても構わない。共に――フレア様を守ってほしい」

それは真剣な表情で、心の底からの願いであった。

きっと、今でもエリスはシュリネのことを快くは思っていないだろう。

複雑な気持ちの中で、それでも守りたい者のために頭を下げる――そういう人間を、シュリネは嫌いにはならない。

「笑わないし、いいよ。わたしはあくまで、ルーテシアの護衛だけどね」

ルーテシアがフレアの傍を離れないのであれば、共に守ることになる。

ようやく、向かうべき道が決まりつつあった。だが、

「……あの男――ディグロスと言いましたか。シュリネさんは『斬る』と仰《おっしゃ》られていましたが、現実問題、勝つ方法はあるのですか？」

フレアの疑問はもっともだろう。

いくらシュリネとエリスが協力しても――相手は化け物のような、規格外の強さを持っている。

相対したエリスもそれはよく分かっているし、シュリネも身に染みたはずだ。

その上で――シュリネは余裕の笑みを浮かべて答える。

「ある。その辺りは――まあ、わたしに任せてよ。左腕の借りも、返さないといけないからね」

あれほどの敵を前にして、消えぬ傷を与えられても折れないシュリネの言葉は――その場にいる者達に、安心感をもたらすものであった。

＊＊＊

――王都から少し離れたところにある廃教会。

かつては少なからず人が訪れていたこの場所も、魔物の増加などの影響もあり、今は人が訪れることはない。

古びた机が椅子のように見えるのは、あまりに大柄な男が腰を掛けているからだろう。

「どういうつもりだい、ディグロス」

相対する男――キリクは穏やかな口調ながら、やや不機嫌そうな表情で言った。

ディグロスは特に慌てる様子もなく、ちらりと近くの椅子に腰かける少女に視線を向け、すぐに視線をキリクへと戻す。

「レイエルが連絡をしただろう」

「ええ、回答もディグロスには伝えたわ」

少女――レイエルは自身の指先を眺めながら、つまらなそうな仕草を見せる。

キリクと相対しても余裕の態度でいられる彼女もまた、普通ではない。

「君の介入は拒否する、そう答えたはずだが」

「だからこそ、勝手にやらせてもらうことにした。拒否されることは想定済みなのでな」

「それが困るから、拒否をしているんだ。王宮への襲撃など、どこまで粗末で乱暴な真似をするんだ。君のせいで、王宮には厳戒態勢が敷かれることになるだろう」

「ならば、今すぐにでも攻め入ったらどうだ？　まだ混乱しているこの状況なら――王女を暗殺するのも容易《たやす》いだろう。お前とて、それが目的にあるからこそ、部下を潜ませていたんじゃないか？」

「君のせいで、僕の部下が姿を晒《さら》す羽目になったそうだね」

キリクのすぐ後ろには、システィとハインが控えている。

先ほど、ディグロスの動きを止めたのはハインだが――その姿を改めて確認して、息を呑んだ。

ただ大柄なだけではなく、その強さは本物だ。殺気に晒されているわけでもないのに、息が詰まる。

彼が先ほどの戦いのことでハインを責め立て、殺そうとすれば、間違いなく助からないだろう。

だが、ディグロスも特に怒っているというわけではなさそうだった。

「お前も中々、いい部下を持っている。俺は今日、フレア・リンヴルムを殺すつもりだった――だが、邪魔をされた。結果的にはよかったがな」

「よかった？　何も成せずに人の仕事の邪魔をしただけじゃないか」

「そう言うな。俺はしばらく、干渉しないことにした。面白い奴に会ったんでな」

「面白い奴？」

「俺の話はどうだっていい。レイエルを駒として貸してやる。それならば、文句はないだろう？　王宮にいる雑兵程度なら、一人で相手取れる戦力だ」

レイエルの姿は、まだ若い少女にしか見えない。

けれど、彼女もまた——ディグロスに近しい力を持っている、人外の存在だ。

確かに、キリクにとってみれば、レイエルを一時的に貸し出すというのであれば、今回の勝手な行動を取ってみても、悪くはない提案であった。

「はあ、私に尻拭いさせるのね？　せっかく別の国に来たのだから、少しは観光でもしたいわ」

「指示があるまでは好きにすればいいさ。どうだ、キリク？　俺の提案を受け入れるのであれば、あとはお前の好きにすればいい」

「『提案を受け入れる』だと？　さっきから、随分と舐《な》めた口を利くな、ディグロス」

瞬間、廃教会全体が揺れた。否、本当に揺れたわけではなく、あくまで感覚の話だ。

キリクの殺気が、それほどまでに凄《すさ》まじかったのだ。

「『魔究同盟』は協力体制にあっても、仲間というわけではない。君は僕の仕事場に土足で踏み入って、それを荒らしたんだ。僕には僕のやり方というものがある」

「ならば、どうする？　俺と戦うか？」

ディグロスもそれに応え、立ち上がる。一触即発――椅子に座っていたレイエルも立ち上がり、

「ちょ、ちょっと！　こんなところで面倒ごとは起こさないでよ。巻き込まれて死にたくないわ」

慌てた様子で止める。

キリクとディグロス――この二人が争いを始めれば、間違いなく高い戦力であるはずのレイエルも、無事では済まないということだ。

どちらかが動いた瞬間に、始まる。

控えていたシスティとハインも構えを取るが、制止したのはキリクだった。

「――君がこれ以上、動くつもりがないのであれば、言うことはないよ。レイエルを戦力として貸してくれるのなら、王宮がどれだけ警戒していても、支障はないだろう。僕のプランにも変更はない」

「提案を受け入れる、ということか。レイエル、あとはキリクに従え」

「もう、いつも勝手なんだから……。分かったわよ」

「システィ、ハイン。話は終わった、戻ろうか」

「はっ」

争いは起こらず、控えていたハインも思わず胸を撫で下ろした。

あるいは、この場において死ぬ可能性は十分にあった——いつだって、自分は死地にいる。

後戻りのできない道を、進み続けていることを分からされる。

「面白い奴……と言っていたな」

廃教会を出た後に、キリクが小さな声で呟いた。

「システィ、何か心当たりはあるかい？」

「ディグロスと相対した者であれば、フレア・リンヴルムの護衛であるエリス・フォレットと、ルーテシア・ハイレンヴェルクの護衛であるシュリネ・ハザクラのいずれかだと考えられますが」

「そのどちらか、ということか」

「おそらく、シュリネの方かと」

キリクの疑問に答えたのは、ハインだった。

「君は彼女と短い期間とはいえ、行動を共にしていたね。今回も、王女の件でシュリネが障害になるとしたら——」

「いえ、そうはなりません」

「ほう、何か案があるのかい？」

「シュリネ・ハザクラは——私が始末します。計画までに、必ず」

ピタリと足を止め、キリクはハインを見据えた。

少し驚いた表情だったが、すぐに嬉しそうに笑みを浮かべ、

「そうかい、君からそんな提案が出るなんて……喜ばしいことだ」

「できるのですか、あなたに」

「シュリネ・ハザクラは、はっきり言えば重傷を負っています。今だからこそ、私の手で殺すことができるでしょう。今日、はっきりと理解しました——彼女は、間違いなく今後の計画の邪魔になります」

システィの言葉にも、はっきりと言ってみせる。

ハインの表情には迷いがなく、嘘偽りがないのだと、キリクにすら納得させるものがあった。

「いいだろう、シュリネの件は君に任せよう」

「はい、ありがとうございます。必ずや、信頼に応えてみせます」

ハインは頭を下げると、その場から姿を消した。

フレアの暗殺決行まで日は迫り――シュリネもまた、命を狙われることになる。

よりにもよって、ルーテシアにとって家族同然でもあるハインに、だ。

＊＊＊

夜――王宮の大浴場にて。

シュリネは非常に不満そうな表情を浮かべていた。

「ほら、シュリネ。早くここに座って」

ルーテシアは自身の前に椅子を置くと、そう言って先ほどから促している。

「いや、子供じゃないんだから……」

「怪我人じゃない。私が怪我した時だって色々手伝ってもらったんだから、今回は私の番よ。左腕にはなるべく負担をかけない方がいいって言われているでしょう？」

「……」

シュリネはしばしの沈黙の後、ようやくルーテシアの前に座った。

フレアを共に守ると決めた以上、しばらくは彼女と共に行動をすることになる。

そこで、ルーテシアは王宮に滞在することを決めた。

シュリネも従う形で王宮にいることになったのだが、ルーテシアが何かと世話を焼こうとしてくるのだ。

元より、一緒に彼女の屋敷で生活を始めてからだが、彼女にはそのきらいがあった。

シュリネが重傷を負ったことで、より加速したとも言うべきか。

一緒にお風呂に入る提案も最初は拒否していたが、

「私にできること、限られているじゃない。だから、怪我をしている時のお世話くらいは……ね？」

――こうまで言われてしまっては、シュリネも折れるしかなかった。

ルーテシアがシュリネの少し濡れた髪に触れる。

「前々から思っていたけれど、貴女の髪って綺麗よね。艶があって……何か特別に手入れとかしているの？」

「別に。私はそういうの、気を遣わないけど」

「まあ、そうよね。でも、服は結構こだわっているんじゃない？」

王国ではあまりシュリネの着ているような東の国の服は流通していない――というより、取り扱っていないというのが正しい。

わざわざ依頼して作ってもらっている状況だった。

「慣れてるから、動きやすいって感じかな。何でも感覚っていうのは大事――ひゃ！」

シュリネは不意に、女の子らしい声を出して勢いよく立ち上がった。

それを見て一番驚いたのはルーテシアで、呆気に取られた様子で彼女を見る。

「……」

「……」

シュリネは少し頬を赤く染めて、何事もなかったかのように再び椅子に座る。

しばらくして、ルーテシアがようやく口を開いた。

「えっと、背中を流そうと思って……」

「わたし、背中は弱いから気を付けて」

「そ、そう。ごめんなさい」

「……ったく、だから嫌だったのに」

思わぬところで知ったシュリネの弱点――ルーテシアの中で少し悪戯心《いたずら》も出てくるが、さすがに相手は怪我人だ。

一度小さく深呼吸をして、気を遣いながら背中を流す。

シュリネの身体は、ルーテシアよりも小柄だ。

彼女は「子供じゃない」と否定するが、同年代と比較しても随分と幼く見えてしまう。

けれど、改めて肌に残る多くの傷痕を見れば、彼女がやはり普通というには程遠い人生を送ってきたことがよく分かる。

一通り洗い終えると、二人で並んで湯に浸かる。

広い大浴場で今は二人きり――シュリネは目を瞑《つぶ》って小さく息を吐いた。

「ハインのことだけど」

落ち着いたところで、シュリネはようやく彼女のことを口にした。

シュリネの怪我、フレアの説得などもあって、改めて話す機会がなかった。

けれど、これは決して外せない問題なのだ。

ルーテシアも、その名前を聞いて少しだけ緊張した様子を見せる。

ちらりと、シュリネはその姿を横目で見てから、天井の方へと視線を逸らした。

「……ハインは、戻ってくるつもりはない、でしょうね」

ルーテシアは呟くような、小さな声で言う。

――姿を消した後、ルーテシアはまだ怪我の治っていない身体でハインの情報を集めていた。

この広い王都だ。簡単に見つかるとも思えなかったし、そもそも王都にいるかどうかも分からない。

そんな中、ようやく姿を見せたかと思えば――よりにもよって、フレアの暗殺を企てる者達と共にいる。

「――いえ、そもそも、許してはいけないのだと私は思うわ」

ルーテシアは自らの言葉を否定する。

どんな理由があれ、王族を狙った者の味方をしているのだとしたら、ハインは間違いなく罪人だ。

「なら、ハインが次に姿を現した時は、斬っていいってことだよね？」

「っ！　それは――」

ルーテシアは勢いよく立ち上がった。

シュリネと視線が合い、彼女の意図をそれとなく理解したのだろう。

「……私は、ハインを斬ってほしいなんて望んでない」

「わたしも形式的な答えは聞いてないから」

「……でも、ハインは私のこと……殺すつもりだった、のよね？」

ゆっくりと項垂《うなだ》れるように、ルーテシアは湯舟の中へと座り込む。

――ショックだったに決まっている。

ルーテシアはハインのことを大事に思っていたし、信じていたからだ。なのに、フレアを狙うだけでなく、ルーテシアにまで敵対したのだから。

「そのことだけど、わたしと同じかもしれないね」

「……あなたと、同じ？」

「さっき、わたしが王女様にやったことだよ。殺気を乗せて攻撃するくらい、ある程度腕の立つ人ならできるからさ。たとえ――本当に殺す気がなかったとしても、ね」

「！」

シュリネの言葉に、ルーテシアも何かに気付いたように顔を上げる。

「それって……わざと敵対している、ってこと？」

「そもそもハインは理由があって離れたんだろうけど、ルーテシアを助けるために奔走したんだから。敵になるなら、初めから助ける必要はなかったわけだし。ルーテシアは守りたい――けれど、傍にはいられない。だから、わたしが護衛の役目を果たしているか、確認したかったのかもしれない。ま、これもあくまで可能性の話だけどね」

「可能性……そうね。可能性でも、縋《すが》りたくなるわ。シュリネの言うことも、言われてみれば筋が通っている気がするし」

「ディグロスって奴とも協力関係なのか、よく分からなかったしね。わざわざ止めておきながら、王女様に忠告してたし……。わたしのことを知ってたから、ハインが情報を流した可能性もあるけど、それなら名前の前に見た目の情報で気付きそうだからね」

シュリネほど、この辺りで分かりやすい服装をしている者もいないだろう。

ましてや、五大貴族であるルーテシアの護衛なのだ――シュリネと出会って撤退するのであれば、初めから攻め込んでくることもないだろう。

ディグロスに関しては謎も多いが、一先ずハインのことだ。

「ハインの事情さえ分かれば、解決の糸口は見つかるかもしれない。何か知ってることはない？」

「知ってることって言われても……子供の頃には、ずっと私の傍にいてくれたから。変に何かを隠しているとか、そういうのは……」

「何でもいいよ。たとえば家族のこととか」

「家族……ハインは独り身で、ハイレンヴェルクの家が雇う形で――あ」

ルーテシアが不意に、思い出したように声を漏らした。

「何か思い出した？」

「一回だけ、家族の話をした時……本当は妹がいる――そんな風に、言っていたことがあるわ」

「妹？」

「でも、すぐに冗談って否定してたのよ。あの時は特に気にしなかったけれど、今思うと……嘘を吐いているような感じはしなくて。『今はあなたが妹のようなものです』ってはぐらかされてしまったわ」

「うーん、どれも可能性の域は出ないね。その妹がいたとしても、手がかりは一切ないし。ハインがもう一度、姿を見せてくれたら何か掴めるかもしれないけど」

問題は――いつ姿を見せるか分からないことだ。

もうシュリネ達の前には現れないかもしれないし、次に出てきた時には、フレアを狙う暗殺者として敵対している可能性だって高い。

シュリネも、こういった問題を解決できるほど――知略に長《た》けているわけではなかった。

頭を悩ませていると、不意にルーテシアがシュリネの髪をそっと撫でる。

「ん、どうしたのさ」

「ありがとう。ハインのこと、一緒に考えてくれて」

「別に。これも仕事の一つみたいなもんだよ」

「ふふっ、仕事、ね。私も、いざという時の覚悟だけは、決めておかないといけないわよね」

ルーテシアはそう言うと、一度目を瞑ってから――真剣な眼差しをシュリネへと向けた。

「もしも、ハインが本当に敵だったのだとしたら……その時は、ハインを――っ！」

だが、ルーテシアの口元にピタリと指を当て、シュリネはその言葉を遮った。

「責任を負いすぎだよ。確かに可能性は低いかもしれないけれど、ルーテシアは最後までハインを信じるべきだから。信じてもらうのってさ――結構、嬉しいんだよ？」

くすりとシュリネは笑って言う。

自身がそうであったように――きっと、ハインも同じだ。

事情があって敵に与《くみ》しているのならば、ルーテシアだけでもハインを信じるべきなのだ。

それでもなお、ハインがルーテシアを裏切っているのだとすれば、あくまで斬るのはシュリネの判断で、仕事だ。

ルーテシアが必要以上に責を負う必要などない。

「……ありがとう」

「お礼も言いすぎ。律儀だなぁ、ルーテシアは」

「な、何よ。感謝の言葉くらい、素直に受け取りなさい」

「あはは、そういう感じの方がルーテシアらしいよ」

「……もうっ」

互いに笑みを浮かべて、夜は更けていく。

何一つ問題は解決できていないし、その糸口だって見つかってはいない――けれど、少女達は、もう後ろ向きの考えをすることはない。

＊＊＊

「南門の警備が少し手薄になっているな。増員はできないか？」

「おそらく、王都の外壁を警備する部隊を回せば……しかし、敵は門を通るのですか？」

「通るか通らないか――それが理由で警備を手薄にする必要はない。敵の狙いはフレア様だ。監視の手は緩めるな」

「はっ！」

フレアへの襲撃から一週間――以前、王宮を守る騎士の士気は完全に回復したわけではない。

しかし、目の前で相対したエリスが一切、臆する様子を見せず、変わらずに騎士達に指示を出している。

その上、フレアの周辺警備にはエリスと互角の戦いを見せたシュリネの姿もあった。

完全に士気は戻らずとも、騎士達にも王女を守りたいという意思はある。

問題は――敵の襲撃がいつ行われるか、だ。

「ここ一週間で敵の姿は全くないね。誰かが様子見に来てるわけでもなさそうだし、はっきり言えば仕掛ける気配を感じられない」

「……どういうことかしら。あんなに目立った行動をしておいて」

「さて、ね。やっぱり、あの時の襲撃自体が敵同士で連携が取れていたものじゃない――そんなところかな」

ルーテシアの言葉に、シュリネは予測を答えた。

昼夜問わず、襲撃への警戒は怠っていない。当たり前だが、暗殺者がいつフレアを襲うのか分からない以上、常に警戒をする必要があるからだ。

だが、このままの状態を続けるにも限界がある。

王宮の騎士達やエリス、シュリネもそうだが――命を常に狙われ続ける、フレアもそうだ。

前に比べれば随分とマシになっているし、ルーテシアの支えもあって、フレアは皆の前では普段通りに振る舞えている。

命を狙われてもなお、王女としての公務を続け、着々と王位に就く準備は進められている――その姿は、フレアの次期王としての立場を確立していく。

だが、彼女が殺されれば、全てが終わりなのだ。

（……王女様の公表があと三週間後、だっけ。それまでに始末をつけるはずだけど、攻めてこない理由はなんだ？　敵は明らかな過剰戦力――真正面から殴り合っても勝てるはずなのに来ないのは……）

シュリネも頭をひねるが、中々答えは出てこない。

「あー、こういう時に師匠がいれば、もう少し可能性とかなぁ……」

「師匠って、シュリネの剣の師匠？」

「ん、そうだよ」

「というか、シュリネに師匠っていたのね」

ルーテシアは少し意外そうな表情で言った。

それを聞いて、シュリネは少し唇を尖らせて、不満そうな表情をする。

「わたしにだって、それくらいいるよ。誰でも最初から強いわけじゃない。元々、護衛の仕事だって師匠からいずれその仕事に就くことになるからって教えてもらったんだし」

「そうなのね。その人は、今どうしているの？」

「さあね。最初の頃はずっと一緒にいたけれど、時々姿を見せるようになって……護衛の仕事に就く前には、『仕事がある』って姿を消しちゃったから。わたしが濡れ衣着せられた時も、師匠には連絡取れなかったし……。一応、育ててもらった恩もあるし、色々と報告はするつもりだったんだけど」

今頃どこで何をしているのか――師匠の話をすると、もう一人の人物のことも思い出す。

(師匠のこと、最近思い出したのは……クーリと話した時だったっけ。あの子もどうしてるのかな)

見舞いに行く、とは答えたが――それどころではなくなってしまっていた。

何せ、今は常に警戒をしなければならない状況だ。

ルーテシアはフレアの傍を離れないし、ルーテシアの護衛であるシュリネもまた同じだ。

腕の怪我のこともあるし、色々と片付けば顔を見せるくらいはしてもいいか、そう考えた時、

「シュリネさん、腕の怪我の方は病院で経過だけでも診てもらった方がいいのでは」

不意に、フレアがそんなことを口にする。

シュリネが左腕をさすっていたために、改めて気になったのだろうか。

「ん、別にいいよ。王宮でも診てもらってるし」

「シュリネさんの主治医の方には、一度顔を出すように言われているのでしょう?」

「まあね。でも、わたしが離れるわけにはは――」

「四六時中、張り詰めていては貴様も気が滅入るだろう。王宮には私も、それに護衛の騎士もいる」

シュリネの言葉を遮ったのは、先ほどまで騎士達に指示を出していたエリスだ。

フレアとエリスは、どうやら二人ともシュリネの怪我の具合を心配しているらしい。

シュリネ自身が『心配はいらない』と言っているが、やはり負い目があるのだろう。

何を言われてもこの場を離れるつもりはなかったが、

「いい機会よ。病院にいた子にも、見舞いの約束をしていたでしょう？」

「！　ルーテシア、覚えてたんだ」

「当たり前じゃない。私も、貴女は少し息抜きをした方がいいと思うわ」

「息抜きって……護衛の仕事には必要ないし」

「貴女がそうだから、私が注意しないといけないんでしょう。ろくに寝てないじゃない」

それが分かるということは、ルーテシアだって休めていないはずだ。

けれど、ルーテシアに言われると、シュリネもあまり反論する気がなくなってしまう。

「まあ、あの病院と王宮はそこまで距離があるわけじゃないし、襲撃があればすぐに気付けるだろうけど」

「なら、決まりね」

「いいけど、ルーテシアも休みなよ」

「私は——そう、ね。貴女が戻ってきたら、代わりに少しお休みをいただこうかしら」

ルーテシアはまだ休むつもりはないらしい。——というより、シュリネが戻ってきたら、と条件をつけられてしまった。

それならば、とシュリネはすぐに病院へと向かうことにする。

「ルーテシアは、わたくしと共に来ていただけますか？」

「どこかに向かうつもり？　まさか、王宮の外に？」

「いいえ、王宮内にいる——ある騎士の下へ」

「！　フレア様、まさか、奴を説得するつもりですか？」

「奴……？」

何やら不穏な空気に、一度シュリネは足を止める。

「シュリネさんは……申し訳ありませんが、今回は一緒に来られない方が都合がいいのです」

「わたしが必要ないって、どんな相手なのさ」

「クロード・ディリアス——貴様が斬った男の副官であり、おそらく私と互角かそれ以上の実力を持つ騎士の一人だ」

「！　なるほど……何となく分かったよ。じゃあ、今回は別行動だ」

「ええ、申し訳ありません」

「謝る必要はないよ。それじゃあ、すぐに戻るから」

ひらひらと手を振って、シュリネはその場を後にする。

フレアがこれから説得する相手は――少なからず、シュリネに対していい感情を持ち合わせてはいないのだろう。

だが、エリスが自身と互角かそれ以上と口にするのなら、間違いなく戦力としては頼りになるに違いない。

今のままでは、どう足掻いたって戦力に限界がある――シュリネが傍にいない状態でも、王宮の騎士だけで守れるだけの力が必要なのだ。


――シュリネが王宮外に出るのは一週間ぶりか。

ルーテシアが残留を決めてから、ずっと王宮内での生活が続いていた。

もちろん、生活は王宮というだけあっていいものではあったが――どこか息苦しい部分もあった。

シュリネは人が多い場所での生活には、あまり慣れていない。

ルーテシアの屋敷では現状、人を雇っていないために気付かなかったが、必要以上に環境による疲労があったのだ。

それを見越していたとすれば、息抜きに病院へと向かったのは、シュリネにとっていい機会だったと言える。

寄り道などするつもりはなかったが、シュリネは少しの自由な時間を満喫して——病院へと辿り着いた。

本来、王都の大病院では診察までに時間がかかってしまうこともあるが、オルキスは事情も把握しているために、シュリネが来た時には優先的に診察してもらえることになっている。

ただ、シュリネが最初に訪れたのは——中庭であった。

ちょうどいいタイミングだったらしく、そこには一人の少女がベンチに腰を掛けている姿があった。

「久しぶり。今日はちゃんと一人で来られたんだね」

「！　その声は……シュリネ？　ちゃんと、来てくれたんだ！」

憂いを帯びた表情だった少女——クーリはシュリネの声を聞いた途端に、パァと明るい表情を見せる。

シュリネは特に許可を取らずに、彼女が座る隣へと腰掛けた。

「まだ入院してるんだね」

「うん、退院の目途は立ってなくて……シュリネは、今日も付き添い？」

「いや、わたしの怪我を見てもらいに来た」

「！　怪我って……大丈夫なの？」

「あなたに心配されるほどじゃないよ」

「そっか、そうだよね……」

シュリネの怪我も決して軽いものではなかったが、クーリは長い間入院しているようだし、彼女の方がよっぽど状況としてはよくないだろう。

それでも、すぐにシュリネの心配をする辺りは、お人好しといったところか。

「名誉の負傷って言えば聞こえがいいかな。護衛の仕事も大変なんだよ」

「仕事で怪我したんだ……。でも、怪我をしてでもきちんと仕事を全うしてるのは、かっこいいと思う」

「ありがと、褒められるのは嫌いじゃないよ」

「ふふっ、お礼を言うのはあたしの方。もう来てくれないかと思ってた」

おそらくそれは、クーリの本心なのだろう。

元々、病院で少し会話しただけの間柄――シュリネ自身、怪我がなければ見舞いに来るかどうかも分からなかった。

友人関係というには、あまりに薄いのかもしれない。

「まあ、怪我がなければ来なかったかもね」

シュリネは本心を隠すことなく、はっきりと告げる。すると、クーリは少しおかしそうに笑った。

「何?」

「ううん、正直に言ってくれる方が、嬉しいの。上っ面だけで言われるより、よっぽどね。あたしのお姉――姉さんも、すっかり顔を出してくれなくなっちゃったから」

クーリが姉の愚痴をこぼす。

前にも仕事でほとんど来られなくなっていた、と言っていたが、やはり人恋しいのだろうか。

「そう言えば、お姉さんはどんな仕事してるの？　わたしと似たような仕事って言ってたよね」

「姉は偉い人の傍に仕えて、メイドさんのお仕事をしてるの。幼い頃からずっと仕えているんだって。あたしのために、稼いでくれているから」

「へえ、そうなん――」

シュリネはそこまで聞いて、ハッとした表情を浮かべる。

――クーリはどこかで、会ったこともある雰囲気をしていた。

思えば、『彼女』はほとんど表情を表に出さないために、雰囲気だけでは分からなかったのかもしれない。

あるいは、少し歳が離れているからか。

だが、よく見ればどこか似ている。

「？　どうかした？」

「あなたのお姉さんの名前、聞いてもいい？」

「いいけど……姉さんの名前は――」

「ここにいたのですね、クーリさん」

名前を口にしようとした瞬間、遮るように姿を現したのはオルキスだった。

びくり、とわずかにクーリは身体を震わせて、

「オルキス先生……」

「ダメじゃないですか。あまり長い時間、病室を抜けては」

「す、すぐに戻るから」

オルキスの言葉に従って、クーリはすぐに立ち上がろうとする。

その時、バランスを崩して、シュリネがその身体を支えた。

「——おっと、気を付けなよ」

「ご、ごめん。せっかく来てくれたけど……その」

「いいよ。わたしも、この先生には用があったから」

「シュリネさん、ここに来たということは——手術を受ける気になったんですね？」

「！　手術……？」

クーリが少し驚いた声を漏らすが、シュリネはそのままオルキスの言葉に答える。

「いや、診てもらった方がいいって言われたから、来たけど……戻ることにしたよ。先生、忙しそうだしね」

「あら、そうなのですか。診察の時間はこれから作れますけれど」

「先生はその時間を作って、クーリを病室に戻してあげて」

シュリネはオルキスにクーリを預けると、すぐにその場を後にする。

振り返ることはなく、ただ一つの事実を胸に——問題は彼女がどうして、オルキスの前ではっきりと答えるのを伏せたのだが、一つの解決の糸口を見つけられそうだった。

「——わたしが王宮を出た辺りから、ずっとついてきてるでしょ、ハイン」

「……さすが、気配を察知する能力には長けていますね」

人通りの少ない場所で声を掛けると、ハインが姿を現した。

「一応、何しに来たのか聞いておこうか」

「もちろん、あなたを始末しに来ました。お相手、願えますか？」

ピンッと何かが張る音が耳に届き、シュリネがすぐに動き出す。

瞬間、周囲にあったあらゆる物が斬り刻まれた。

ヒュンッ、と風を切る音が耳に届く。

シュリネは身を屈《かが》めながら、素早い動きで走り回る。

人のいる場所はまずい――ハインの攻撃は、糸を使ったもの。

『鉱糸』と呼ぶべきか、材質に剣や刀にも使う鉱石が交ざっているのであろう。刃のように鋭く、武器としては非常に厄介だ。

シュリネは王都を流れる水道に目を向けると、すぐに狭い横道へと降り立って駆け出した。

「いつまで逃げるつもりですか？　あなたらしくもない」

「逃げてるわけじゃないよ。戦える場所を探してる」

「なるほど、ですが――私は手を止めるつもりはありませんので」

王都の地下――より狭い場所での戦いは、シュリネの方が不利になる。

ハインの鉱糸は魔力を帯びて、シュリネへと迫る。

跳躍すると、先ほどまでいた足場は斬り刻まれた。

さらに、ハインは短刀を投擲する。

シュリネはそれを何とか捌くが、中遠距離での戦いは、圧倒的にハインの方が有利だ。

「魔刀術――《水切》」

シュリネが二本の指を立てて、腕を振るう。

ハインに魔法は届かず、鉱糸に寄って簡単にかき消されてしまった。

迫りくる鉱糸を避けながら、シュリネはさらに奥の方へと向かう。

暗く、ほとんど光の届かない場所でも、ハインは確実にシュリネを捉えていた。

(強いね、ハインは――楽しくなってきた)

そう考えたところで、悪い癖が出たと、シュリネは少し反省する。

別に、ハインと本気で殺し合うつもりはない――そんなこと、ルーテシアが望んでいないからだ。

ある程度開けた場所までやってきたところで、ようやくシュリネは足を止めた。

何度か掠めたために、あちこちから軽く出血している。

「ようやく諦めましたか。潔く散ることも美徳だと私は思いますよ」

「言ってくれるね。わたしを始末しに来た――だっけ。どうしてわたしを？」

「簡単なことです。フレア・リンヴルムを始末するのに、一番の障害になります。あなたは強い――故に、私があなたの相手をするんです」

「あなたの実力なら、アーヴァントからルーテシアを守ることもできたんじゃない？」

「……さあ、どうでしょうか。今となっては、もう過ぎたことです」

ハインが指を動かすと、再び風を切る音と共にシュリネへと鋼糸は迫った。

狙いは首元――避けなければ、確実に首が落ちるだろう。

だが、シュリネは避けなかった。

「っ！」

ハインはわずかに驚いた表情を浮かべて、鋼糸を動かす。

ギリギリ、首をかすめたが、シュリネの首が落ちることはなかった。

「落とさなかったね、落とせたのに」

「……どういうつもりですか。避けることはできたはず」

「こっちの台詞だよ。どうして、わざと外したのさ？」

シュリネの問いに、ハインは鋭い視線を向ける。

しばしの沈黙の後、

「次は当てますよ。何もせずに死ぬのは不本意でしょう。あなたは戦って死ぬ――そうであれば、お嬢様にも顔向けできるでしょう？」

「護衛が死んだら、顔向けなんてできるわけないよ。それに、わたしはあなたと話すつもりだから」

「今更、何を話すと言うんです？　私はフレア様を狙う暗殺者の一味で――罪人です。その事実は何も変わらない」

「クーリ・クレルダ」

「――」

シュリネがその名を口にすると、ハインの表情が明らかに変わった。

怒りにも似た表情だが、すぐには襲い掛かってこない。

小さく溜め息を吐くと、

「聞いたんですね、その名前を」

「うん、教えてくれたよ。正確には、クーリの姉の名前を聞いたんだけどね」

クーリはバランスを崩した時に、小さな声で口にした。

『ハイン・クレルダ――あたしの姉の名前』、と。

どうして小声だったのかというと、おそらくは聞かれたくなかったからだ。

依然、ハインは臨戦状態のままだ。

けれど、すぐに仕掛けようとはしてこない。

「……ハインが戻ってこられない理由は、あの子のため？」

「それを答えて何になりますか？」

「ルーテシアは、まだあなたのことを信じてるよ」

「……どこまでも、愚かですね」

少し悲しそうな表情を浮かべて、ハインは言う。

――だが、すぐに殺気に満ちた視線で、シュリネを睨む。

「説得など無駄ですよ。私は――もう、あの子の下へは戻らない」

言葉と同時に、ハインは動き出す。

両腕を振るうと、そこから鉱糸が伸びてシュリネへと迫る。

サンッ、と壁や床を引き裂く音が耳に届き、シュリネは思わず舌打ちをした。

「ちっ、分からず屋め……！」

シュリネの言葉では――ハインには届かない。

いや、諦めるわけにはいかなかった。

ずっと、ルーテシアのことを見てきた。

彼女がいなくなってから、いつだってルーテシアは――ハインのことを忘れたことはないはずだ。

その思いを踏みにじるようなことは、あってはならない。

シュリネは刀を抜いて、ハインに応戦する。

すぐに、抜いた刀に鉱糸が巻き付いた。

刃を滑らせて、完全に巻き付かれる前に外す。しっかりと捉えられたら、シュリネの武器を奪うことも難しくはないだろう。

接近戦に持ち込めればあるいは――だが、あえて不利な場へと足を運んだのは、シュリネだ。

回り込むこともできなければ、真正面から斬り合うほかない。

徐々に後方へと下がりながら、シュリネはひたすらにハインの攻撃を切り払う。

「あなたの実力はその程度ですか？　かのクロード・ディリアスを破り、ルーテシア・ハイレンヴェルクを救った――あなたの力は。それとも、片腕ではやはり限界が？」

「わたしはただの剣士だからね。でも、引き受けた仕事は最後まで全うするよ」

「それは不可能です。あなたはここで死ぬのですから」

再び、ハインの鉱糸がシュリネの周囲を囲うようにして舞った。

視線だけ動かして、シュリネは鉱糸の隙間を確認する――どれほど優れた使い手であったとしても、特に糸状の武器は扱いが非常に難しい。

わずかな綻びは必ず、存在する。特に、精神的に不安定な状態であるのならば。

シュリネはあらゆる角度から襲う鉱糸をギリギリのところで避け、ハインへと迫った。

ハインは驚きに目を見開く――ほんのわずかな、たった一瞬の隙をついて、間合いを詰めたのだ。わずかに指を動かして、鉱糸をシュリネへと向かわせる。

だが、間に合うはずもない。

シュリネがそのまま刀を振るえば――ハインの首は宙を舞う。

そこで、静かにハインは目を瞑った。

「やっぱり、あなたはここで死ぬつもりだね」

刀を手放したシュリネは、そのままハインを思い切り拳で殴り飛ばした。

＊＊＊

ハインを突如として襲った衝撃は、彼女の目を覚まさせるには十分であった。

よろよろとわずかに後方へと下がり、信じられないものを見るような目をシュリネへと向ける。

「どうして……」

「攻撃に隙が多すぎる。さっきも言ったけどさ、殺す気ならわたしの首を落とせる時に落としてるでしょ。途中までは少し楽しめたよ？　でも、わたしが間合いを詰めた時に手加減した」

「私が聞いているのは……何故、私を殺さなかったのか、ということです。私は、あの子の下へは戻らないと――」

「私はあなたを斬るつもりだったよ」

シュリネはハインの言葉を遮って、はっきりと告げた。

「なら、どうしてそうしないんですか？」

「あなたが本気でルーテシアを裏切っているのなら、そうするつもりだった」

「裏切っているではないですか、誰がどう見たって」

「迷って、わたしを殺せないような人が、裏切ってるとは思えないね。ここでわたしに斬られて、どうするつもりだったのさ？」

「……私は、お嬢様の下へは戻れません。けれど、あなたの言う通り――妹を見捨てることも、できません。もう、疲れてしまったんですよ……」

ハインが脱力すると、鉱糸がパラパラと床に落ちていく。

ようやくハインの臨戦態勢は解かれて、シュリネは刀を鞘へと納める。

「ここで死んだら、どっちも選べないよ」

「選べないから、死ぬんですよ。けれど、私の死を以て、お嬢様への贖罪《しょくざい》をすることができると考えました」

「ルーテシアがそんなこと望むと思う？　それに、クーリのことはどうするのさ。あの子は、病院でずっとあなたのことを待ってる」

「クーリは……病気でずっと入院しています。治療も継続的に必要ですが、その治療をしているのは――『あの医者』なんですよ」

シュリネの予想は大体当たっているようだった。

問題は、ハインがすでに諦めてしまっていることだ。

「私が生きている限り、私は命令通りに動かなければなりません。フレア様を殺す――障害となるのならば、あなたもお嬢様も」

「だから、ここで死ぬって？」

「ええ、戦死であれば――クーリを生かす意味もありませんが、彼らが手元へ置いておく意味もなくなります。私は、クーリの治療と引き換えに、ある組織に忠誠を誓った身ですから」

「それじゃあ、なおさら死ねないでしょ」

「なら、私はどうすればいいんですか？」

ハインが感情をはっきりと表に出したところを、シュリネは見たことがない。

今、彼女は明らかに追い詰められている。

「命令には逆らえない。お嬢様の下へは、戻れない。私は……もう、妹を救うことも、選べない……！　だって、お嬢様も、クーリも、私にとっては、大事なんです……。信じるなんて、簡単に言わないでくださいよ……！　私はもう、選べない――」

「なら、わたしから一つ提案するよ」

「……提案？」

今にも壊れてしまいそうなハインだったが、シュリネの言葉に反応する。

ハインが選べないというのなら、シュリネが道を示すまでだ。

「ルーテシアの下へ戻るためには、クーリを助けないといけない――まずは、クーリの身の安全を確保すればいいってことでしょ？」

「私だって、一度は連れ出そうとしましたよ。けれど、目の前で……クーリを人質に取られて、何もできなくなってしまいました。彼らは簡単に、人質を傷つけます。まともに動けない状態のクーリの安全を確保するなんて……」

「わたしが助ける。クーリとは幸い、顔見知りではあるからね。ハインの話をすれば、言うことは聞いてくれると思うし」

「……助け出して、どうするというんですか。あの子はどのみち、治療が必要で――」

「その医者だけがクーリを治せるの？　それに、クーリはあなたのことを待ってる。クーリの望みを叶えるのなら、あなたは生きないといけない」

「ふっ、生き延びて、希望のない未来しかなかったら、どうするのですか？」

「ここで死ねば、未来すら存在しないよ。だから、選びなよ――わたしと手を組むか、全てを捨てるか」

これは、シュリネにとっても賭けであった。

ハインはすでに精神的に限界だ――クーリを助けるといっても、はっきり言えば何の保証もなく、病気の彼女を救い出して、治せるかどうかも分からない。

シュリネは医者ではないのだから。

故に、ハインに選ばせるのだ。

死を選ぶくらいなら――生きて、わずかな可能性に賭けるように。

ハインはゆっくりとした動きで、シュリネの傍に寄る。

そして、静かに口を開いた。

「――」

「……！」

トスッ、と小さな音が耳に届いた。

シュリネが視線を下ろすと、腹部は赤く染まっており、刃が当たっているのが見える。

顔を上げたハインが、今度は周囲に聞こえるような声で話す。

「……あなたほどの人が、隙だらけですよ？　どうです、私の演技は？　まともに戦うよりも、こうした方が楽でしたね。あなたさえ――あなたさえいなければ、全てが上手くいくんです」

そう言って、ハインはシュリネの肩を押す。

バランスを崩して、シュリネはそのまま――水路へと落下した。

これが、ハインの選んだ道であった。

＊＊＊

流れる水路を、冷ややかな視線でハインは見つめていた。

わずかに赤色に染まったが、すぐにそれもなくなり、彼女は姿を現さない。

「――どうするのかと思いましたが、シュリネ・ハザクラを始末できたようですね」

シュリネを水路に落とした後、姿を現したのはシスティであった。

キリクの命令か――ハインがきちんとシュリネを始末できるのか、見届けさせたのだろう。

「彼女の戦闘力を考えれば、まともに戦うなど愚か者のすることです」

「ええ、実に素晴らしい――ですが、一つ」

システィはちらりと、水路に視線を向けた。

「首を持たずに帰るのでは、ね。キリク様にどう説明するつもりです？」

「そのために、あなたにわざわざ始末するところを見せたんですよ。この暗がりでも分かるでしょう？　あの傷では――まず助かりません」

「……確かに、胸の辺りを貫いていたようですが」

ハインがシュリネを刺したのを、システィは目撃しているはず。確実に始末したかどうかを、見届けるために潜んでいたのだから。

「やはり念のため、遺体は見つけておきましょう。キリク様にご報告するために」

「――この水路は入り組んでいて、流れもここから速くなります。死んでしまったシュリネを見つけるなんて、時間の無駄ですよ。それよりも、相手方は主戦力を一人失った。そして、事実を把握することもできない状況……どこまでも、私達に有利です。慎重に、かつ確実に計画を進める必要があります」

「……一理ありますね。まあ、先ほどは本当に錯乱したのかと思いましたが、今は冷静なようで安心しましたよ」

「ですから、言ったでしょう？　私の演技はどうですか、と」

くすりと、ハインは笑みを浮かべる。

システィは疑り深い女だ――ハインのことをよく思っていないし、きちんとシュリネを始末したかどうか、確認したいという気持ちは隠せていない。

だが、胸を一突きしたという事実。明確に、システィは殺した現場を目撃したのだ――よく見ていなかったなどと、言うはずもなく。

「いいでしょう。水路は他の者に任せます。あなたはシュリネを始末した――もし一つでも嘘が見つかれば、どうなるか分かっていますね？　私はいつだって、あなたのことを見ていますよ、ハイン」

「はい、もちろんです」

システィはハインのことを脅している。

かつて、王都に戻ってきた時と同じだ。

――あなたの役目は終わりです。これ以上は、分かりますね？

システィは、耳元でこう囁《ささや》いたのだ。

いつだって、彼らはハインを脅し続けている。

けれど、ハインにそれだけ価値を見出している――皮肉にも、ハインは強く優秀だ。

キリクもハインを気に入っていて、手元に置いておきたいのだろう。

逆らいさえしなければ、ハインも妹であるクーリも優遇される。

選ぶのなら、ルーテシアの傍より確実に――そちらの方が恩恵が大きいに決まっている。

だから、ハインは選んだのだ。

もう、後戻りはできない。

「さあ、王女の劇的な最期を――演出するとしましょうか」

ハインはそう言って、しっかりとした足取りで歩き出す。

その顔にもはや迷いはなく、弱音はもう吐かない。

王女の暗殺決行まで――残り三週間だ。

＊＊＊

王宮内の騎士は、担当する箇所がそれぞれ分かれている。

かつては王を傍で守ったこともある優秀な騎士も――今は、その見る影もなく、やる気のない視線をやってきたフレアへと向けた。

「これは……フレア様ではありませんか？　何故、このようなところに？」

無精髭《ぶしょうひげ》を生やし、自嘲気味な笑みを浮かべながら、男――ウロフィン・ベンデルは尋ねた。

すぐにエリスが前に出てウロフィンを叱責しようとするが、制止をしたのはフレアだ。

「ウロフィン・ベンデル――わたくしが、貴方の下を訪れることが、そんなに不思議なことですか？」

「不思議でしょうよ。俺は死んだクロードの副官ですよ？　『あの場』にはいなかったとはいえ……もはや、王宮にいられることもどうして許されているか」

そう言いながら、ウロフィンは視線を後ろに控えているルーテシアへと送った。

敵意などは感じられないが――クロードの副官ともなれば、彼女の命を狙うために刺客として目の前に立っていてもおかしくはなかったのだ。

ルーテシアは反射的に一歩、後ろへと下がってしまう。

「貴方は罪を犯してはいないからですよ、ウロフィン」

「罪を犯していない——あなたの調査結果では、そうなったらしいですね。ハッ、それで俺を王宮に置いておくとは、随分とお優しいことで」

「……貴様、フレア様への不遜な態度、許されると思うなよ」

「エリス、お前は相変わらずフレア様の番犬としてご立派に働いているようだな。つい先日もご活躍だそうで」

「……っ」

エリスは表情を曇らせる。ウロフィンの耳には届いているはずだ——エリスはフレアを守れてなどいない。

分かっていて、煽《あお》るような口調で言っているのだ。

以前のエリスであれば、ここで剣を抜いていてもおかしくはなかった。

だが、フレアの考えを理解している——大きく息を吐き出すと、それ以上は口を挟むことはなかった。

「おや、意外だな。お前が引き下がるとは」

「——ウロフィン、わたくしの騎士への侮辱は、そこまでにしていただけますか？」

「！　ほう」

　ウロフィンは少し驚いた表情をして、フレアを見た。

　どこまでも優しく――否、優しすぎるが故に、決して怒ることはなく。

　人と争うことを望まないがために、たとえ側近であるエリスのことを悪く言われたとしても、かつての彼女は穏便にその場を納めようとしていただろう。

　だが、フレアは今、怒っている。

　それが、ウロフィンにも伝わってきた。

　先ほどまではやってきた王女にまるで興味など示していなかったウロフィンは、彼女の変化に態度を少し変える。

「これは――失礼を。しかし、ますます分かりませんね。フレア王女……あなたがここに来たのは、俺に何か願いがあるからでは？」

「ええ、その通りです。ウロフィン・ベンデル、わたくしは貴方の剣の実力を買っています。故に、わたくしに協力いただけませんか？」

　それを聞いた途端、ウロフィンは大きな声で笑いだした。

「ハハッ、ハハハッ、協力と申しましたか？」

「わたくしがここに来た時点で、ある程度の予想はしていたのでしょう？　ご存知の通り、わたくしは今——命を狙われています」

「ええ、そうでしょうね。まさか、この王宮に乗り込んでくる愚か者がいるとは俺も思いませんでしたが……いや、そういう意味では——命を狙われた令嬢を救い出すために、乗り込んできた愚か者もいましたがね」

「後者の方はわたくしの恩人でもあります。それに、命を懸けて戦った人を愚か者とは呼びません」

「……らしくないですね、フレア様。俺に頼み事に来たはずでしょう？」

ウロフィンは椅子に腰かけたまま、背もたれへと寄りかかり、先ほどよりも偉そうな態度を示した。

こんなこと——現王であれば許すはずもない。

ましてや、王女相手に取る行動でもない。

ウロフィンは自棄《やけ》になっているのだ。

かつての上司で、憧れだった人は——アーヴァントの味方をした。

彼は次代の王には相応しくなく、ウロフィンはクロードに対し進言したことを、今でも覚えている。

「……アーヴァント様を次期王とするのは、反対です」

「ならば、あなたは誰を選ぶと？　フレア様か？」

「それは……」

――即答できなかった。

フレアは温厚で優しいが、ただそれだけ。

王としてのカリスマはなく、今の彼女ではこの国はきっと衰退してしまう――そう、ウロフィンは思っていたからだ。

「あなたの考えは間違ってはいない。アーヴァント様は――王には相応しくない」

「……は？」

それは、ウロフィンにとってはあまりに衝撃の言葉であった。

「相応しくはないが、私が望むモノが得られるのだ」

「望むモノ……とは？」

「――戦場」

「……！」

それは、憧れている男が口にした、あるいは騎士としての存在価値が最も発揮される場所でありながら、望んではならない場所だ。

「私も久しく戦いの場には出ていない――平和な国で老いていくのもまた、騎士としては喜ぶべきことだろう。私がフレア様を選べば、きっと大きな問題が起こることもない。否、私が起こさせない」

「では、何故……」

「フッ、耄碌《もうろく》したと思ってもらっても構わん。私は騎士として、再び戦場に立つことを選んだだけのこと。アーヴァント様であれば、間違いなくそうなるだろう。それが私に利すること――さて、あなたはどうする？」

「俺、は……」

結局、ウロフィンはクロードの問いに答えられなかった。

だが、アーヴァントを支持することには納得できず、憧れた男のことを理解することもできなかった。

未だ、ウロフィンは過去に囚《とら》われ、進めずにいる。

「――わたくしはもう、諦めないことにしました」

「……諦めない？」

フレアが口にした言葉の真意が読めず、ウロフィンは怪訝そうな表情を浮かべる。

「ええ、刺客に襲われた時、わたくしは恐怖のあまり動けなかったのです。情けないでしょう？　一国の王となる者が、たった一人の刺客相手に恐れをなすなど」

「それは……」

ただの刺客であれば、ウロフィンもそう考える。

だが、話には聞いている――多くの騎士が恐怖で未だに、思い出すだけで震えるほどの相手だった、と。

そんな相手ならば、あるいはクロードであれば、嬉々として戦いに臨んだのかもしれないが。

「あのような者に狙われたのならば、わたくしはもう助からない。無駄な犠牲を出すくらいなら、わたくしが命を落とすだけで済むのなら――それでいい、と」

「そう考えたのであれば、何故？」

「わたくしを支えてくれる方がいるからです。ここにいるエリスも、ルーテシアも。それに、あの者と対峙《たいじ》し、未だに消えぬ恐怖を抱く騎士達も――ここを去らずに、今もわたくしを守ろうとしてくださっています」

何人かは心が折れて、去ったと聞いている。

だが、フレアの傍に残った者が多いのも事実――彼女には確かにカリスマはないのかもしれない。

それでも、王としての役目を果たそうと必死になっていることは、以前から聞いていた。

「ウロフィン・ベンデル、貴方はクロード・ディリアスの副官でありながら——兄上の側にはつかなかった。貴方は選べなかったのでしょう、どうするべきか。それは、わたくしも同じでした」

「俺は……」

図星だ。何も言い返せず、ウロフィンは静かに俯《うつむ》く。

不遜な態度はもうそこにはなく、ただ情けない男が一人、少女の前にその姿を晒している だけだった。

そこへ、フレアは手を差し伸べる。

「これは、わたくしから貴方への願いであり、最後のチャンスだと思ってください」

「チャンス……？」

「貴方が騎士としてどうあるべきなのか、どうありたいのか——わたくしはそれが知りたい。いえ、まだ王国の騎士でありたいのなら、ここにいるエリスと共に、わたくしを支えてくださいませんか？」

こんなことがあるのかと、ウロフィンは震えた。

かつての上司を裏切るような形で離れ、罪には問われなかったとはいえ——フレアにも協力するようなことはなかった。

どっちにもつかず、どこまでも半端で、もはや騎士を名乗ることすらおこがましい。

そう思っていたからこそ、フレアがやってきても騎士らしい態度も取れず、ずっとふてくされていた。

そんな自分にフレアは今一度、機会を与えると言っているのだ。

「……もしも、その言葉をもっと早く聞けていたのなら、俺はきっと、あの人を本気で止めていただろう。騎士でありながら、王は病に倒れ、仕えるべき人を見失った——本当の愚か者は、俺だ」

「……」

フレアは答えない。

彼の選択がどうであれ——ここで下手な言葉をかけるべきではないと、理解しているからだ。

ウロフィンは、フレアに対して態度で示した。

「だが、この俺に……もう一度『騎士になる機会』を与えていただけると言うのならば」

ウロフィンは椅子を降りてその場に膝を突き、フレアへの忠誠を誓う。

「ウロフィン・ベンデル、命を賭してあなたをお守り致します」

「いいえ、貴方も必ず、生きてわたくしを守ってください。それが、わたくしに仕える騎士の条件です」

――そんなこと絵空事でしかないのは、フレアも分かっている。

だが、そう願うこともまた、フレアらしいと言えた。

「ご命令に従います」

ウロフィンは力強く答えた。

そこには先ほどまでの希望を失った男はおらず、今は王女を守る一人の騎士となった。

ウロフィンは立ち上がると、後ろに控えていたルーテシアの下へやってくる。

「ルーテシア様、あなたには謝罪をしなければ。俺は……クロードを止められませんでした」

「……あなたの責任ではないわ。それより、フレアを一緒に守る選択をしてくれて、感謝しているもの」

「ハハッ、あなたも随分とお優しい方だ……。この場において厳しいのは――エリス、お前だけか」

依然として鋭い視線を向けていたエリスは、名を呼ばれるとウロフィンの前に立つ。

「フレア様を守ると決めた以上、共に戦う仲間として受け入れよう」

「そういう態度ではないが……一応、俺はお前の先輩だぞ」

「先輩らしいところを見せてくれるように、期待している」

「……相変わらず生意気な奴だ。まあいい――ああ、俺から一つ共有しておくことがあります、フレア様」

「……？　どういった内容でしょうか？」

「ええ、いわゆるアーヴァント派の貴族についてはあなたもご存知でしょうが、クルヴァロン家とアールワイン家が何やらきな臭い動きをしているそうです」

「きな臭い動き……具体的にはどのような？」

「まだ俺も詳しくは把握しておりませんが、第二王子を王宮に呼び戻す動きがあるとか」

「……！」

フレアはそれを聞いて、驚きの表情を浮かべる。

第二王子――フレアの弟だが、彼はまだ幼く、王位を継ぐにはあまりに若すぎる。

アーヴァントとフレアの継承争いに巻き込むには酷であると判断し、フレアが王都から遠ざけていた。

まだ呼び戻すには早い段階であるが、クルヴァロンとアールワインの両家が動いているということは――導き出される答えは一つ。

「やはり、わたくしが王位を継ぐことには反対している……ということですね。そして、今度は弟を利用しよう、と。到底――許すことはできません」

温厚で優しいフレアであっても、全く怒らないわけではない。

否、決意を固めたからこそ、実の弟が利用されることは我慢ならないのだろう。

ウロフィンはアーヴァント側の人間ではないが、クロードの副官だ。

ある程度、そういう情報は耳に入ってくるのだろう。

「ウロフィン、『敵方』の情報が入り次第、すぐに共有いただけますか？」

「ええ、剣技以外でも役立ってみせましょう」

「ありがとうございます。エリス、ウロフィンの部隊も含めた王宮の守りについて配置を検討してください」

「承知致しました」

「それから……ルーテシア。ありがとう」

微笑みを浮かべてフレアは言い、ルーテシアは思わず目を丸くする。

「何よ、私にも何か命令があるのかと思ったわ」

「ふふっ、貴女にはお願いをしたでしょう」

「傍に立っていただけよ」

「それだけで十分――貴女がいてくれると、心強いから」

「そう？　いるだけでいいのなら、いつでも呼んでちょうだい」

少しずつだが、いい方向に傾きつつある。

ウロフィンを味方につけられたのは大きい――王宮の戦力増強だけでなく、フレアの命を狙う者への牽制にもなる。

後はシュリネが戻ってくれれば、準備は全て整うことになる。

けれど、いつまで経っても、シュリネが王宮に姿を現すことはなかった。

＊＊＊

――シュリネが戻ってこない。

一日くらいなら、特段気にするようなことはなかった。

けれど、二日三日と時が経てば、話は別だ。

ルーテシアはシュリネが向かったはずの病院に確認を取ったが、最後にオルキスと中庭で話したきり――彼女の行方は分かっていないそうだ。

フレアにも協力してもらい、周辺での聞き込みを行ったが、やはりシュリネの足取りは掴めていない。

彼女は特に服装もそうだが——王都では目立つ姿をしている。

目撃情報がないということは、何かあったということが明白であった。

「……どこに行ったのよ」

王宮内を一人歩きながら、ルーテシアは小さな声で呟いた。

フレアやエリスの前では「あの子のことだから、何か考えがあるんだと思うわ」と気丈に振舞って見せたが、心配する気持ちは強くなっていく。

シュリネは怪我をしていて、何より彼女自身は面識はないようだったが、ディグロスという男はシュリネのことを知っているようだったと聞いている。

もしも、王宮を出た後にあの男に狙われたのだとしたら。

シュリネは勝つ方法があると言っていたが、果たしてそう上手くいくものなのだろうか。

「……」

思わず、ルーテシアは足を止めた。

そこは王宮内で借りている一室で、シュリネが使っている部屋だ。

勝手に人の部屋に入ることは憚《はばか》られるが、ルーテシアは何かを求めるように部屋の中へと足を踏み入れる。

借りている部屋というのもあって、彼女の私物はほとんど置いていない。

そもそも、シュリネはルーテシアの屋敷においても、あまり私物などを置いていない。

普段着ている服や刀といった必要最低限のものはあるが、シュリネは荷物はできる限り持たない主義らしい。

だからこそ、時々少し不安になる。

――いつしか、彼女がどこかへ行ってしまうのではないか、と。

別に、シュリネはあくまで護衛として雇っただけの関係で、それ以外に理由はないと言われれば――その通りだ。

けれど、ルーテシアはシュリネのことを信頼していて、関係は短いけれど、命の恩人で。

傍にいてほしいと思うのは、我儘だろうか。

「……本当に、どこに行ったのよ」

心配する気持ちと共に、シュリネが口にした言葉を思い出してしまう。

信じてもらうのってさ――結構、嬉しいんだよ？

今こそ、シュリネのことを信じるべきなのだろう。

彼女は簡単に敵に負けたりはしない。何か理由があって姿を見せていないだけ――けれど、

「私には、何か知らせてくれたっていいじゃない……」

これも我儘なのは分かっている。

小さく息を吐きだして、ルーテシアは部屋を出ようとする。

――そこで、テーブルの上のある物に気が付いて、足を止めた。

「！　これは……」

傍に寄り、ルーテシアが手に取ったのは、シュリネがよく髪につけている飾りだった。

シュリネ曰《いわ》く、師匠にもらった物らしく、彼女はどこに行くでも必ず身に着けている。

病院へ向かった日も――シュリネは確かに、髪飾りをつけていたはずだった。

ならば、どうしてテーブルの上に置いてあるのか。

「……シュリネは、一度ここに戻ってきた……？」

戻ってきて、再び姿を消したということになる。

だが、王宮での目撃情報は出て行った後はない。

ルーテシアが手に取った髪飾りから、ひらりと小さな紙切れが一枚落ちた。

手に取ると、数字の記された紙が一枚だけ。

――だが、その数字を見てすぐに、ルーテシアは気付く。

「この数字……いえ、日付ね。フレアが王として即位することを公表する日……なんで、これが――」

そこで、ルーテシアはハッとした表情を浮かべた。

この部屋に出入りする人間は限られている。

少なくとも、シュリネが姿を消した日からは誰もここには入っておらず――心配したルーテシアが初めて入ったことになるだろう。

つまり、これはシュリネからルーテシアに対するメッセージだ。

「……何よ、顔くらい見せてくれたら、こんなに心配しないのに」

だが、ルーテシアがシュリネを心配したからこそ発見できた物であり、なるべく目立たず、ルーテシアだけに分かるようにしたメッセージなのだろう。

普段から大事にしている髪飾りだからこそ、ルーテシアだけに伝わるのだ。

後は、ルーテシアがそのメッセージを読み解くだけだ。

「……シュリネがこれを私に知らせたかったとして、どうしてこの日に？　シュリネが戻ってこないのは――いえ、この日に戻ってくる、ってこと？　それまでは、姿を見せられない……もしくは、何かすることがある……？」

情報はあまりに少ないが、ルーテシアはシュリネの意図を推測した。

フレアを守るのに、シュリネは欠かせない存在で――けれど、姿を消している。

そして、シュリネが戻ってこない間もなお、敵の襲撃は一向になかった。

「――これって、この日に暗殺者からの襲撃がある、ってこと……!?」

ルーテシアはシュリネのメッセージの意図に気付いた。

どうして彼女が決行の日を知っているのか、それは分からない。

敵と遭遇して聞き出したのか、あるいは――ただ、現状を考えれば、全てに納得がいく。

ルーテシアはシュリネから託されたメッセージを受け取った。

髪飾りを握りしめ、すぐにシュリネの部屋を後にする。

(一緒に守るって決めたんだから、私にできることをしないと……!)

先ほどまでとは違い、ルーテシアは決意に満ちた表情を浮かべていた。

シュリネのことは心配でも、それればかりではダメなのだ。

――運命の日は、すぐそこにまで迫っている。

第四章　運命の日

王都では変わらぬ時間が過ぎていく――『ルセレイド大病院』でも、多くの患者がやってくる昼間とは違い、夜中は静かで落ち着いている。

もっとも、場所柄もあって急患が運ばれてくることも少なくはない。

コツコツと廊下に足音を響かせながら歩くのは、この病院に勤めて十年のベテラン医師であるオルキスであった。

彼女は一日のほとんどを病院で過ごし、同じく病院に勤めている者達からも、いつ帰っているのか分からない――そう、言われるほどだ。

実際、オルキスは病院内の一室を使い、そこで寝泊まりをしている。

少しは休んだ方がいい、と仲間から言われることもあるが、オルキスは疲れ知らずであり、丸一日患者を診察した翌日も、休むことなく働き詰めだった。

「……誰でしょう、こんな時間に」

オルキスはピタリと足を止めて、廊下の先にいる人影に声を掛けた。

遠目でも患者でないことは明らかであった――その服装には見覚えがあり、壁に寄りかかるようにしていた彼女を見て、オルキスはすぐに駆け寄った。

「あなたは……シュリネさん!?」

「どうも、先生」

軽い口調で挨拶をするシュリネだが、オルキスはその姿を見て驚きを隠せない。

「どうして生きてるのか、そんなところかな？」

「――何を、言っているのでしょう？」

瞬時に、オルキスは冷静さを取り戻す。

「私があなたと会った日を最後に、姿を消したと聞いていたから、驚いただけです。それより、ここに来たということは、どこか怪我をしたからではないのですか？」

「ん、胸元にちょっとだけね。ハインは腕がいいね。偽の刃物で、わたしを殺したように見せて、見事に騙《だま》したんだから」

血糊《ちのり》も含めて、全てを用意していた。

おそらく、シュリネとハインの戦いを監視している者を騙すために、だ。

「殺したように……？　一体何の話をして――」

「無駄だよ。この病院を見張っている連中なら、この三週間で把握したから。今はもう、あなた以外にはいない――明日は王女様の暗殺を決行する日だからかな？　ちょっと人数は少なめだったね。わたしは結構、こういう仕事も得意なんだよ」

　ちらりとシュリネが見せたのは、刀だ。

　ポタリと鮮血を垂らし、すでに何者かと斬り合ってきたのが分かる――否、これほど病院内は静かで、騒ぎなど起こっていないようなもの。

　オルキスはそこで、溜め息をつきながら眼鏡の位置を直す。

「……ふぅ、どう言い繕ってもダメそうね。いつから私の正体に気付いていたのかしら？」

「最初の違和感は、クーリの反応だよ。あなたが来た時――あれは明らかに、主治医で世話になっているって感じじゃなかった。もっと恐れている……って感じかな。あえて、あなたに聞こえないように、ハインの名前も教えてくれたしね」

「あなたが生きているということは……ハインも私を裏切ったということね。なら、早々に片付けて教えてあげないと。私を裏切ったら――どうなるかっていうことを、ね」

　オルキスが構えた。

　特に武器などを取り出す様子はない――そもそも、シュリネとまともに戦う自信が、彼女にあるというのか。

シュリネはすぐに駆け出して、一閃。

オルキスが何か見せる前に、彼女の首を刎ねようとする。

だが、すんでのところでかわされた。

「！」

多少距離があったとはいえ、シュリネの動きに反応をしたことに驚きを隠せない。

「あら、もしかして私が弱いと思っている？」

言葉と共に、大きく身体を反った状態から蹴りを繰り出した。

まるで鋭い刃物のような勢いがあり、シュリネは刀で防御する。

勢いのまま、シュリネはオルキスの背後へと跳ぶ。

ぐにゃりと、軟体生物のような動きを見せて、オルキスは再び元の状態へと戻った。

向き合った状態になると、オルキスが眼鏡を取り外して髪を後ろへと撫で上げる。

「ハインからどこまで聞いているのか知らないけれど……私は別に、守ってもらうためにこの病院を監視させているわけじゃないわ。私の大事な『実験体』が……ここから逃げ出さないようにするための監視。そのために必要なのは絶対的な支配――すなわち、強さよ」

「強さ……ね。なんだか知らないけど、随分自信があるんだ」

「うふふっ、あなたはクロード・ディリアスを打ち倒しているものねぇ？　あの男は……強さだけで言えば、規格外だもの。でもねぇ――」

オルキスが言い終える前に、シュリネは距離を詰める。

彼女は随分と饒舌《じょうぜつ》だが、シュリネの見立てでは、それほど強いというわけではなさそうだった。

よく見えているが、ただそれだけ。

実際、今度はシュリネの動きに完全には反応できず、スパンッと乾いた音が響き、皮一枚でかろうじてつながった状態であるが、左腕がほとんど切断状態となった。

だが、オルキスは意に介することなく、残った右腕で攻撃を仕掛けてくる。

シュリネはすぐにその場から退いた。

動きも大して早くはないが、オルキスの痛みに対する耐性は異常だ。

腕を切断されてなお、顔色一つ変えずに反撃を試みるなど、尋常ではない。

「ぴょんぴょん飛び跳ねて、まるでウサギさんみたいねぇ。可愛らしいわよ、シュリネさん」

シュリネが回避に徹するのには理由がある。

現状、シュリネは怪我を負っている左腕をなるべく使わないようにしている――否、正確に言えば、治療を施していないのだからまともに使えないというべきだろう。

フレアの一件も考えれば、彼女からの治療を受けない方が正解だったのかもしれないが。

「……腕がそんな状態で、余裕だね。痛みとかないの？」

「感覚を即座に遮断するのなんて、難しくもないわ。それに、私の話は最後まで聞いておくべきよ」

オルキスはそう言うと、ギリギリで繋がっている状態の左腕を自ら引き千切る。

そのまま、ゴミでも投げ捨てるように左腕を放ると、

「あなたと違って、私の左腕は替えが利くのよねぇ」

何かをすり潰すような奇怪な音が聞こえたかと思えば、ずるりとオルキスの左腕が生え変わった。

色は先ほどよりも赤みがかっていて、爪の色も黒く変色している。

血管も浮き出ており、それは再生というより――別の何かに変化したようだ。

「あなたも人並み外れてる……ってことか」

「もしかしてディグロスのことかしら？　彼も私も似たようなものだけれど、異質さで言えば――私の方が上かしらねぇ」

もはや、何も隠すつもりはないらしい。

ディグロスの名を知っているということは、やはりオルキスはフレアの暗殺を企む者の一人であり――そして、長年この病院で医師として働きながら、裏でずっと暗躍していたということだ。

ハインもそうだが、果たしてこの王国に何人、紛れ込んでいるのか。

だが、彼女が何者であれ、シュリネのすることは変わらない。

「異質だろうと、異形だろうと関係ないよ。わたしはあなたを斬る」

「うふふっ、やってみなさい。私もねぇ、あなたのこと……弄《いじ》ってみたいと思っていたのよ」

オルキスが笑い、シュリネは低く構えを取る。

――病院内での戦いが始まった。

病院内は明かりこそあるが、真夜中では薄暗い。

そんな中で、シュリネの一太刀をオルキスは避けてみせた。

決して油断をしていたなどということはなく、確実に首を落とすつもりだった。

「うふふふ……あはははははっ！　逃げてばかりじゃ私は倒せないわよ？　追いかけるのは楽しいからいいけどねぇ！」

オルキスは笑い声を上げながら、シュリネへと真っすぐ向かってくる。

身体の一部を切り落としただけでは再生する――目を潰しても、すでに傷が再生し、赤色に染まった状態でシュリネを見据えていた。

明らかに人間のそれではない――だが、シュリネは冷静にその様子を観察していた。

(再生してるってことは、何かの魔法の類かと思ったけど……ルーテシアが使うような治癒とは全く違う。シンプルに身体の構造が変わってる？　だとしたら……)

シュリネには覚えがあった。

オルキスの高い再生力や、刀の振りに対する反応速度、軟体生物のような動き――足を止め、オルキスへと刃を向ける。

「！　あら、あらあらあら……鬼ごっこはもうおしまいかしら？」

「何となく、あなたの身体のことは理解したよ」

「ふぅん、この短時間で？　なら、諦めた方がいいってことも理解したかしら？」

「何でそうなるのさ。あなたの身体――魔物の特徴と一致してるよ。いくつか覚えがあるんだ」

魔物であれば、切断部位を再生させる能力を持つモノもいるし、異常に発達した眼球によって、シュリネの刃すら見切るほどの動体視力を持つモノだって存在する。

シュリネの言葉を受けて、オルキスは口角を吊り上げて、

「そう、正解よ。私は自分の身体を弄っているの。魔物の持つ特性を移植して、全てを使いこなしているわ」

「本当に人間やめてるんだ。そんなことして、何の意味があるんだか」

「意味？　うふふ、あははっ、そうねぇ……私が目指しているものがあるのよ」

「目指しているもの？」

「そう。人では到底辿り着けない存在――憧れてしまった以上は、できることをしないとね」

　オルキスの身体が再び変化していく。

　パキパキと音を立てると、皮膚が鱗《うろこ》のように変化し、二本の足が融合して一本の尾となる。

　身体も二回り以上のサイズになったかと思えば、長い舌を出して、もはやオルキスは文字通り魔物へと変貌していた。

　下半身は蛇のようで、上半身はかろうじて人の特徴を残しているだけだ。

「どう？　この姿を人に見せるのは久々だけど」

「どうって言われても、化け物にしか見えないけど」

「あらあら、あなたには分からないかしら？　人智を超えたこの身体の美しさは……人では辿り着けない、絶対的な強さも兼ね備えているのよ」

「……強さ？」

オルキスに、シュリネは睨みつけるような視線を送る。

「少しは興味を持ってくれたかしら？　シュリネさんは素体もいいだろうし……私のモノになれば今よりもっと強くなれるわよ。どうかしら、もっと先を見てみたくはない？」

オルキスはシュリネに対して、手を差し伸べた。

表情や態度を見れば分かる――すでに、シュリネに勝ったつもりなのだろう。

呆れたように、シュリネは大きく溜め息を吐いた。

「……はあ、最初はわたしの一撃を見切って避けたし、何かタネがあるんだろうかと思ったけど、蓋を開けてみればそんなことか」

「そんなこと？　何か不満かしら？」

「別に。わたしはあなたのやってることに一切興味がないだけ。結局、魔物の力を得ただけなんでしょ」

「うふふっ、強がっちゃって……いいわ。私のことを化け物呼ばわりしたこと、両足をへし折って、泣いて謝る姿を見せてくれたら許してあげるから……！」

オルキスが動く。

人の足でなくなったが、動きは先ほどよりも滑らかで素早い。

ずるりと、廊下を這《は》うようにしながらシュリネとの距離を詰めるが――すでに、そこにシュリネの姿はなかった。

「――は？」

視界の端にギリギリで、シュリネの刃が見えた。

オルキスはかろうじてそれをかわすが、首元へ深く一撃が入り、鮮血が噴き出る。

「そんな姿になっても、まだ血は赤いんだね」

「なっ、ぐっ、どういう、こと……!?　確かに私はあなたを捉えて――」

言い終える前に、またしてもシュリネは視界から姿を消した。

気付けば右腕を切り落とされ、すぐに残った左腕を振るうが、背後に回って尾の先を切断される。

「ぐっ、この……！」

「魔物の力に頼りすぎだよ、あなたは」

人間離れした姿になったが――ただそれだけだ。

オルキスは武人というわけではなく、何かの技を極めてもいない。

おそらくはただの人間が、強さに憧れた……とでもいうべきか。

目は優れていても、瞑った瞬間に動いたシュリネを追い切れていないのだ。

並みの人間相手なら何も問題はなかっただろう。

視覚情報に頼りすぎているが故に、わずかでも見失えば、オルキスは全く反応できない。

だんだんと身体を斬り刻まれても、オルキスは焦る様子は見せず、

「無駄よ、無駄無駄無駄無駄！　無駄なのよ！　いくら斬っても、私は再生するッ！」

叫びにも似た声を上げながら、オルキスの失った身体の部位が、音を立てながら再び戻った。

だが、尾の先は先ほどよりも少し萎《しな》びた状態になっている。

明らかに、完全には戻っていなかった。

「やっぱり、何のリスクもなく再生し続ける……なんて、できるわけないよね。魔物だってそうだから。あなたの力には限界がある」

「……っ」

途端に、オルキスの表情から余裕が消えた。

「あの男と戦う前のいい指標になりそうだよ、あなたは。わたしは今から――あなたが死ぬまで斬り続けるから」

「この、私を……舐めるなァ！」

オルキスが両腕を広げ、シュリネへと迫る。

すでに動きは見極めている——シュリネは魔物との戦いにも精通していた。

オルキスが人間を捨て、ただの魔物に成り下がっただけならば、もはや敵ではない。

再び身体のあちこちを斬られながら、オルキスはシュリネの方を見た。

返り血を浴びたシュリネの姿に、ようやくオルキスは恐怖する。

「ひ、ひぃぃ……！」

這いずるように逃げようとする姿を見て、シュリネはつまらなそうな表情をした。

「逃げるんじゃわたしは倒せないよ。追いかけるのもつまらないけど……あなたは斬るって決めてるからね」

——そこからは、一方的な展開であった。

＊＊＊

「ハッ、ハッ、ハッ——この、私が、ぐっ、こんな……」

呻《うめ》き声を上げながら、オルキスはふらふらとよろめきながら病院内を歩く。

すでに魔物の姿ではなく——ほとんど人間の状態に戻っている。

再生力は失われ、流れ出る血を止めることができない。

後ろからやってくるのは、オルキスの血で赤く染まったシュリネだ。

結局、オルキスからシュリネへ反撃の手は見つからず、ただひたすらに斬られ続けただけであった。

オルキスは痛覚を遮断しているが、もしもこれができていなければ――とっくに耐え難い激痛だけで命を落としているかもしれない。

力なくその場に座り込むと、シュリネは動きを止めた。

「再生しながら逃げられると、さすがに時間がかかるね」

「……フ、フフ」

「？　何かおかしなことでも――」

オルキスの不敵な笑みと共に、シュリネの視界がわずかに揺らいだ。

ふらりとバランスを崩しそうになるが、足元に力を入れて身体を支える。

だが、全身の力が抜けていくような感覚があった。

（これは……）

「気付いた、かしら？　私がただ闇雲に逃げ回っている、とでも？　魔物の特徴を持っていると理解したのなら……警戒すべきだったのではないかしら？　私の血液には――毒が混ざっているのよ。皮膚からでも徐々に浸透するものが、ね」

苦しんでいた様子のオルキスだが、だんだんと余裕を取り戻していく。

シュリネに斬り刻まれ、戦う力は残っていないようだが、かろうじて平静を保てるようには戻っているようだ。

シュリネは特に迷うことなく一歩踏み出す。

「！　解毒は私にしかできないわよ？　私を殺すとどうなるか――」

「聞いてなかったの？」

シュリネはまた、一歩踏み出した。

「わたしはあなたを斬ると言った」

「ま、待ちなさい。あなたも死ぬのよ……!?」

「あなたも、ね。わたしに勝てないと確信した言葉だ」

「……っ！」

オルキスは指摘され、すぐに余裕の表情は崩れ去る。

身体が毒に冒されている――だから、どうしたというのか。

シュリネのやるべきことは決まっている。相手の脅しに従って、目的を見失うようなことはしない。だが、

「……せ、先生？」

暗い廊下の先で、少女の声がシュリネとオルキスの下へと届いた。

オルキスが振り返ると、そこにいたのは壁を伝って歩いてきたと思われるクーリの姿。

それを見て、オルキスは嬉しそうな声で笑う。

「アハ、アハハハ！　そう、そうよねぇ！　あなたは平気でも……彼女はどう？　私を殺せば、彼女は助からない！　私にしか、彼女は治せないのよ!?　ねえ、その事実を理解した上で、彼女の前で私を殺せる!?」

目の前のオルキスを殺すこと――それはすなわち、クーリも殺すことと同義だと言っている。

シュリネだけならば迷うことはないだろうが、本人を前にして、それができるかと問うているのだ。

オルキスの言葉で、シュリネの動きが止まる。

にやりと、オルキスは勝利を確信した笑みを浮かべた。

「ウフフフ、そうよねぇ？　自分は犠牲にできても……この子は別。だって、あなたはこの子を救いに来たんでしょう？　なんだかんだ言っても、結局、私を殺すことなんて――」

「あなたはちょっと、黙っててくれる？」

「……！」

シュリネの鋭い視線を受けて、オルキスは黙り込む。

下手な言動は、簡単に命を落とすことに繋がると、理解させるだけの殺気があった。

「シュリネ……」

「クーリ、わたしはあなたの病気のこと、何も知らない。この人を斬ったら、あなたはもう助からないかもしれない。でも、わたしはハインと約束したんだ」

「――大丈夫、あたしはずっと、この時を待ってたから」

「……待っていた？」

シュリネにとっても、それは予想していない言葉であった。

クーリは懐から、一本の注射器を取り出す。

中には、赤色の液体――おそらくは、血液と思われるものが入っている。

それを見て驚いたのは、オルキスであった。

「な……どうしてそれを……!?」

「どうして？　初めから、これはあたしのためにあるモノだよね？」

「……っ、分かっているの？　あなたがそれに適合できるように、私が調整しているのよ？　もしも適合できなければ、死ぬ――まだ、あなたはその段階にはない」

「うん、分かってる。あたしはずっと、覚悟ができてなかった、あたしがいなくなったら、お姉ちゃんもきっと……。けど、シュリネがここに来てくれたから」

クーリの言葉の真意は分からない。

けれど、彼女はシュリネの方を見て、小さく微笑みを浮かべた。

正確に言えば、両目に包帯を巻いた彼女は――シュリネのことは見えていないだろう。

それでも、クーリはハインのために何かをしようとしている。

ならば、見届けるのがシュリネの役目だ。

クーリは、手に持った注射器を首元に差し込むと、中身をそのまま自身へと注入していく。

しばしの静寂の後、クーリが呻き声を上げて、その場に膝を突いた。

「あ、がっ、ぐ、ぅ……！」

胸を押さえて、苦しみだす。

よほどの苦しみなのだろう――クーリは蹲《うずくま》ったまま、やがて動かなくなった。

「アハハ……だから言ったじゃない。簡単じゃないのよ？　適合率が五十パーセント以上あったとはいえ、病弱な身体だもの。残念だわ、あなたが死んだら、シュリネさんも私を迷わず殺すものね。私の苦労も——え？」

オルキスは驚きながら、クーリの方を見る。

シュリネも、あるいはクーリが自害の道を選んだのかと思ったが——違った。

クーリが立ち上がっている。

杖がなければ満足に歩けそうになかった彼女が、ゆっくりとした動きだが、しっかりと二本の足で立っている。

はらりと、目に巻いていた包帯が外れた。

暗いところでも分かる——赤く光る瞳が、そこにはあった。

それを見て、オルキスは歓喜した。

「アハ、アハハハ！　成功したのね!?　素晴らしいわっ！　これは私の成果よ！　あの方に認めていただけるわ！　クーリ、あなたは今——」

「シュリネ」

喜ぶオルキスを全く気にも留めず、クーリはただ一言、シュリネに向かって言い放つ。

「もう大丈夫。やって」

その言葉だけで十分だった。

「ハ……？」

何が起こったのか、オルキスには理解できていないらしい。

意気揚々と語ろうとしていた彼女だが、もはや言葉を発することはできないだろう。

その首は宙を何度か回転しながら舞って、ゴロゴロと無残に転がっていく。

残された身体はだらりと脱力して、そのまま動かなくなった。

「ふぅ」

オルキスの始末は完了した——小さく溜め息をつきながら、シュリネはクーリの傍へと向かおうとして、その場に膝を突く。

「シュリネ！」

クーリの方から、シュリネへと駆け寄ってきた。

「何だか知らないけど、動けるようになったんだね……。一先ず、あなたはこれで自由になった。あとは、ハインの方だ。すぐにでも行きたいところ、だけど」

オルキスの毒が身体に回っている。

解毒できるのは彼女だけと言っていたが、治療法くらいは病院のどこかに残っているかもしれない。

「動かないで」

クーリはそう言うと、小さな舌でシュリネの身体に付着した血液を舐める。

さすがのシュリネも、その行動には驚きを隠せない。

「ちょ、何やってんのさ。この血は毒なんだよ？　直接舐めるなんて――」

「大丈夫、血ならなおさら。それに、たぶんあたしなら解毒できる……と、思う」

自信があるような、ないような、曖昧な言葉を口にしたクーリ。

瞳の色の変化や、今まで病人だったはずの彼女が急に動けるようになったことなど、あまりに謎が多い。

いや――オルキスは彼女も含めて『実験体』と呼んでいた。

「さっきの注射器もそうだけど……あなたは何をしたの？　……というより、何になった、というべきなのかな」

「うん、ちゃんと説明する。でも、時間がないから、今は手短にだけど。あたしは――吸血鬼になったの」

＊＊＊

――その日はついにやってきた。

すでに王都では広く告知されており、フレアが次代の王となるための宣布が魔道具を通じて投影される予定だ。

王宮ではその準備が着実に行われており、警備は特に厳重であった。

広場ではフレアが演説のために待機している。

すぐ傍にはエリスと選抜された騎士達、そして――ルーテシアの姿もあった。

「奴らは暗殺者です。全ての門で警備を強化しておりますが、おそらくは直接仕掛けてくるかと」

「分かっています。でも、わたくしは逃げません」

エリスの言葉にも、フレアははっきりとした言葉で答える。

決意に満ちた表情だが、その手はわずかに震えていた。

迷いはないのだろう――だが、簡単に恐怖が消えるはずはない。

ルーテシアがフレアの隣に立つと、そっと彼女の手を握った。

「！　ルーテシア……」

「大丈夫よ、みんながいる。私はちょっと、頼りないかもしれないけれど……」

「いいえ、そんなことはありませんよ。貴女やエリスがいてくれるから、わたくしはここに立っていられるのですから。ルーテシアも、シュリネさんのことは心配ではないですか？」

「そんなの――心配に決まっているわよ。戻ってきたら、少しお説教しないといけないわよね」

そう言って、ルーテシアは小さく笑みを浮かべた。

誰よりも――シュリネのことを信じている。必ず、彼女はこの場にやってくるはずだ。

これから、ここは戦場になるはず。

むしろ、ルーテシアの方がシュリネに怒られるかもしれない。

わざわざどうして――一番危険な場所にいる必要があるのか、と。けれど、

（……貴女なら、分かってくれるわよね？）

一緒にフレアを守ってほしいと願ったのだから、ルーテシアも戦場に立つのだ。

腰に下げたのは一本の剣――自身で持つことになるとは思いもしなかった。

学んでいる剣術も中途半端なままで、はっきり言えばここにいる誰よりも戦闘面では劣っているという自覚がある。

それでも――ルーテシアがこの場を退くわけにはいかなかった。

（ハイン……貴女も、いるのよね）

フレアを狙っている敵の中に、ハインがいる。

どうして彼女が戻ってこないのか、フレアの命を狙っているのか――ルーテシアには何も分からない。

だからこそ、彼女と会わなければならないし、話す必要があるのだ。

果たして、話を聞いてくれるだろうか――いや、そもそもここに姿を現すかどうかさえ、分かってはいない。

本当は、不安があるのはルーテシアも同じなのだ。

もしもこの場にハインが現れたら？　説得もできなくて、彼女がフレアを殺そうとしたら？

考えれば考えるほど、不安感は強くなっていく。

ただ、フレアにはそんな素振りを見せられない。

ここでルーテシアが弱音を吐いてしまえば、きっと彼女も今の状況に耐えられなくなってしまう。

それが分かっているからこそ、気丈に振舞っているのだ。

「これはこれは……大層な警備でございますな」

「っ！」

声のする方向に視線を送ると、そこには二人の男が立っていた。

「クルヴァロン公、アールワイン公……」

フレアが小さく、その名を口にする。

ネルヘッタ・クルヴァロンとボリヴィエ・アールワイン――ルーテシアの暗殺計画に協力したと『思《おぼ》しき』者達だ。

だが、実際にはまだ嫌疑の状態であり、フレアも含めて最大限に警戒をしている相手。何より、今回のフレアの暗殺に対しても関与している可能性が高いからだ。

フレアは始め、彼らのことを説得する――そんな風にも言っていたが、こうなってはもはや後に引くことはできないだろう。

「何故、ここに？」

「理由を問う必要などありますまい。クルヴァロンとアールワインはフレア・リンヴルム様――あなたを次代の王とすると認めたのです。今日は、その宣布となさるのでしょう？」

「あくまで宣布まで、です。現王は健在であり、まだ貴方がここにくる必要性はありません」

明らかに、フレアは敵対しているような物言いをしていた。

彼女の決意も堅い――ギュッと強く、ルーテシアの手を握っている。

それを見てか、ネルヘッタは少し笑みを浮かべた。

「そう言いながらこの場に呼ぶどころか隣に立たせるとは、ハイレンヴェルクとは随分と仲が良いようで……。まあ、我々もご挨拶に来ただけのこと。すぐにこの場は去りますとも。行こう、ボリヴィエ」

「……はい」

二人はくるりと背を向けて、広場を立ち去ろうとする。

何を思ってここに姿を現したのか——目の前にいる者達が悪意を持っていても、こちらから手を出すことはできない。だが、

「……ネルヘッタ・クルヴァロン、ボリヴィエ・アールワイン——心して聞きなさい」

「！」

その声を聞いた者は、全員が驚きの表情を浮かべていた。

フレアは——真っすぐと彼らを見据え、言い放つ。

「わたくしの弟を……貴方達に利用させるような真似はさせません。わたくし、フレア・リンヴルムはこの国の王となります。悪事を決して、見過ごすような真似も致しません」

「あ、悪事とは……我々に何か誤解があるようで……」

「いいえ、これはわたくしの決意表明です。悪事をしていないと言うのであれば、誤解な

どと口にする必要がないのでは？」

「……！」

　答えたボリヴィエは途端にバツが悪そうな表情をした。

　失言だ――フレアの言葉に対して、何も後ろめたいことがないのであれば、毅然と返すべきであった。

　特に慌てる様子を見せずに、ネルヘッタが口を開く。

「無論、我々も同じ気持ちですよ、フレア様。では、この場はこれで」

　特に感情的にもならず、ただそう一言だけ――けれど、この瞬間に明確になった。

　フレアは今、クルヴァロンとアールワインに敵対の意を示したのだ。

「……演説の前に感情的になるなど、わたくしはやはり未熟ですね」

　小さく息を吐き出しながら、フレアは反省したような様子を見せる。

　むしろ、ルーテシアは喜ばしいことだと思った。

「何言っているのよ。貴女が言わなかったら、私が言ってやるところだったわ」

「ふふっ、ルーテシアらしいですね」

「――フレア様、間もなく準備が整います」

「！」

騎士の一人から声がかかった。

フレアの表情に緊張が走る――すでに何度か繰り返し練習をしているが、これから起こることも考えれば無理もない。

ルーテシアもフレアの傍を離れ、それぞれが配置についた。

いよいよその時がくる。

フレアが小さく息を吐きだして、真っすぐ前を向いた。

合図と共に、口を開く。

「王国民の皆様、聞こえていますか？　フレア・リンヴルムです。今日は皆さまに大事なお話があり、このような場を設けさせていただきました」

フレアの言葉は、すでに王都の各所に用意された魔道具を通じて広く伝わっている。

この日まで誰も仕掛けてこなかったのは――すなわち、フレアをこの演説中に暗殺する、という明確な意図があるからだ。

シュリネから受け取ったメッセージに従い、ルーテシア達は策を練った。

後は、待つだけだ。

「今日この時を以て、わたくしフレア・リンヴルムは――」

その瞬間、王宮の各所から花火が上がった。

＊＊＊

——花火は合図だった。

ドンッ、と大きな音を立てながら綺麗な花火が王宮から上がり、人々は王女の発表を聞きながら、まだ明るい時間だというのに上がった花火に歓声を上げた。

だが、これは王宮内での開戦を意味するもの。

敵を確認次第、その付近から花火を上げる算段になっている。

フレアが狙われているという事実を人々に知らせないための配慮でもあった。

未だ、王都ではフレアの演説は続いている——だが、王宮の正門は緊張状態にあった。

「まさか、正門から敵がやってくるなんて——そう思っていたのではなくて？」

姿を現したのは、一人の少女だった。

現在、王宮内へは関係者以外の立ち入りは禁止されている。

王宮の門は固く閉ざされていたが、それを『力』だけでこじ開けて入ってきた者がいるのだ。

「も、門の重さは大人が束になっても開けられる代物じゃないぞ……！」

「ば、化け物め……！」

「あら、失礼ね……。レディに向かって使う言葉ではない――」

言い終える前に、周囲に待機していた騎士が弓矢を放つ。

少女が回避する間もなく、身体中を矢が貫いていくが、少女は鮮血に染まりながらも――気に留めることなく一歩を踏み出した。

「バカな……!?」

「バカはそっちでしょうに。一人で真正面からやってくる相手が……この程度で死ぬと思っているのかしら？　こそこそした暗殺なんていうのは、弱者がやればいいだけなのよ。それにしても、躾《しつけ》のなっていない人間ね……お返しよ」

刺さった弓矢が動き始めると、ずるりと少女の全身から抜ける。

それを抜いたのは――少女の身体から噴き出した血液だ。

まるで生き物のように動き出すと、弓矢が放たれた方向へと向かって投げ返す。

弓矢は本来、弓で弾くことで威力を発揮する物――だが、少女の放ったそれは、ただ投げただけのような動きで、人を貫くには十分な威力があった。

「ぎぃ！」

「ぐっ、あぁ！」

あちこちから悲鳴にも似た声が上がる。

少女はまるで心地の良い音楽でも聴いているかのような悦に入った表情を浮かべた。

「私が戦場に立った以上——ここから始まるのは一方的な蹂躙《じゅうりん》なのよ」

「——いや、そうはならないな」

少女の言葉を否定し、一人の男が剣を振るった。

それは少女の首元を狙ったが、ギリギリのところでかわされ、少女はすぐに距離を取る。

「正門は広場に最も近い場所だ。故に俺も警備のために待機していたが、ある意味では正解だった」

「いいえ、不正解よ。このレイエル様と戦うことを選んだことが、ね。それにしても、本当に躾のなっていないこと」

男——ウロフィンは真っすぐレイエルを見据えた。

年齢のほどは十五、六といったところか。

だが、人の理《ことわり》から外れた存在であることは間違いない。見た目で判断するわけにはいかないだろう。

少なくとも、あれだけの弓矢に身体を貫かれ、無傷でいられる者は生涯——見たことがない。

「……クロード、早まらなければ面白いモノが見られただろうに」

ウロフィンは思わず、口にせざるを得なかった。

それはすでにこの場にはいない憧れだった人への皮肉——戦場を求めた彼にとって、これほど刺激的な相手はいないだろう。

本来であれば、ウロフィンもフレアの傍で待機するはずだった。

狙われていることが分かっているのだから、当然だろう。

だが、フレアの傍にはエリスがいる——近づけさせない、という意味ではここに待機したことは正解だったのだ。

ただし、花火が上がったのは他にも何か所かある。あらゆる場所で敵襲があったことを告げていた。

目の前にいる敵が、果たして敵戦力として最強なのかと聞かれれば——それは否だ。

ディグロスという大男が、最も危険であるという情報はすでに得ている。しかし、

「この場はすぐに離れられないか」

「あら、もしかして勝つ気でいる？　だとしたら、なかなかセンスがあるわよ。お笑いの」

「ふっ、そうか。騎士以外の道はないと思っていたが」

「真面目な受け答えも面白いわ」

感覚で分かる——ここは死地だ。

自らの実力を理解しているからこそ、戦えばおそらく死ぬ。

（なればこそ、か）

騎士としての役目を果たすのに、相手にとって不足はない。

このような場を用意してくれたことにむしろ感謝しなければならない——そう考えたところで、ウロフィンは自らの考えを否定した。

（いや、俺は誓ったはずだ）

必ず生きる、と。もちろん、戦いにおいてそれが絶対になることはない。

フレアも分かっているはずだ——だが、騎士が立てた誓いを、こうも簡単に破るわけにはいかないのだ。

ウロフィンは構える。それを見て、レイエルは鋭い視線を向けた。

「意外、あなた——本当に勝つつもりなのね？」

「初めから負けるつもりで戦場に立つ者はいないさ。特に、騎士の役目は守ることだからな」

「ふふっ、そう。嫌いじゃないわよ、あなたみたいな人……だから、遊んであげるわ」

レイエルは自らの血液を集めて、一本の剣を作り出す。

間髪を容れずに、ウロフィンとレイエルの剣がぶつかり合った。

「血で剣を作り出すとは……一体どうなっているんだ」

「答える義理はないでしょう？　でも、どうせ死ぬのだから――あの世に送る時に教えてあげるわ」

王宮の正門にて、死闘が始まった。

＊＊＊

「――王女の演説が止まっていない？」

王宮の襲撃に合わせて、すでに内部に潜入していたシスティがその連絡に眉を顰めた。

王宮内ではすでに刺客が騎士と戦いを始めている――全てがブラフだ。

狙いは王女のみ。ハインとシスティが王女の近くで息を潜め、混乱に乗じて彼女を始末するだけ。

演説の最中の悲劇――それが、この国の王女の劇的な最期を演出するものだ。

だが、王宮の広場でフレアはもう演説をしていない。

「……あらかじめ記録していたものを流している、というわけですか。随分と用意周到ですね」

「私達はすでに宣戦布告をしているんです。相手がこれくらいの準備をしていても、何もおかしいことはないでしょう」

システィの言葉に、ハインは冷静な様子で答える。

特に慌てる必要などない、計画はこのまま進める——そういう態度だった。

システィは鋭い視線をハインへと向ける。

「王宮の警備が厳重であることには特に違和感を覚えませんよ。私がおかしいと思っているのは、どうして今日の襲撃にここまで対応できているのか、という点です」

「こちらの動きが気取られたからといって、気にする必要はありません。今の襲撃は全てが陽動——本命である私達は、すでに王女を狙える位置にいるんですから」

「なるほど、ではハイン……すぐに王女の暗殺に向かいなさい」

「！」

ハインは少し驚いた様子でシスティを見た。

システィは明らかに敵意のある表情で、続ける。

「まさか、私が本当に気付かないと思っているのですか？　あなたはシュリネ・ハザクラをわざと逃がしましたね。妹であるクーリ・クレルダを救うために」

「何の話を――」

「惚けたところで無駄ですよ。これで二回目ですか……全く、あなたの忠誠心の低さには呆れさせられますね。キリク様はあなたを気に入っているようですが、到底見逃せるものではありませんよ。だから、これが最後のチャンスです。あなたの手で、王女を殺しなさい」

「……！」

冷静だったハインの表情に、わずかに焦りの色が見える。

やはり、システィはハインの言うことなど信じてはいなかった。

彼女を騙しきれるとも思っていなかったが、状況は思わしくない。

ハインはギリギリまで、待機して時間を稼ぐつもりであった。

シュリネなら――彼女ならきっと、妹であるクーリを救い出してくれる、と。

だが、現状はまだクーリの安全を確認できていない。

可能な限り王宮側へ攻め入る人数を集めたことで、病院側は間違いなく手薄になっている――が、結果的にハインの裏切りは露見してしまった。

「どうしました？　それとも、ここで本当に……我々を裏切りますか？　それもいいかもしれませんね。あなたの妹が、果たして無事でいられるかどうか分かりませんが」

脅しだ――分かっている。

分かっていても、ハインはそれに従わざるを得ない。

彼らの手口が分かっているからこそ、ハインは逆らうことができないのだ。

もしも、すでにクーリが捕らわれていたら？

シュリネはそもそも、クーリを救い出せずに敗北していたら？

普段は冷静なハインでも、大事な妹を引き合いに出されては、合理的な判断を下すことは難しい。

「……私が、フレア・リンヴルムを始末します。元よりそのつもりでしたから」

言葉を受けて、システィは嬉しそうな笑みを浮かべる。

「賢い選択ですよ、ハイン。我々と共にいれば、あなたと妹の安全は常に保証されるのです。選ぶ必要すらないことですね」

システィは嘘を言っていない。

ハインは指示に従っていればいいのだ。

王女を、フレアを殺しさえすれば――きっと、裏切ろうとしていた事実すらも許される。

ハインは胸元に手を置いて、拳を強く握りしめた。

覚悟を決めて――ハインは暗殺者の顔になった。

「行きましょう、ここで王女を仕留めます」

ハインの言葉と共に行動に出る。

システィが数名の部下を連れて一斉に広場にいた騎士へと仕掛けた。

あれほどの厳戒態勢であっても、潜んでいたハイン達に気付けなかった騎士達に動揺が走る。

一番早くに反応したのはエリスで、真っすぐ王女の下へと駆けるハインを止めようとするが、

「あなたの相手は私ですよ」

「……ちっ！」

システィがエリスの前に立ち塞がった。

今、ハインを前にしてフレアを守れる者など一人としていない。

それは、彼女とて同じはずなのだ。なのに、

「……お嬢様」

「やっぱり来たのね、ハイン」

フレアを守るように立ったのは、剣を構えたルーテシアだ。

＊＊＊

「――随分と懐かしいですね、剣を握るお姿は」
向き合ったハインが、ぽつりと呟くようにルーテシアの姿を見て口にした。
ハインの言う通り、ルーテシアが剣を握るのは久しぶりのことだ。
いつ以来か――かつては、母に憧れて剣術を極めようとしたことはあった。
けれど、ルーテシアは剣術を捨てた。
正確に言えば、治癒術を学ぶために剣術を諦めたのだ。
ルーテシアの治癒術はこの国でも並び立つ者はいないほどに高度であり、選んだ道には
きっと間違いはなかったのだろう。
だが、この場においては――ルーテシアは剣術を修めていないことを後悔している。
「動ける者はフレア様を守れ！」
どこからともなく怒号にも似た指示があり、数名の騎士が動き出した。
潜んでいた敵の勢力で言えば、それほど多くはない――が、少数精鋭と言うべきか。
次々と倒されていく騎士がいる中、何とか反応できた者達が向かってくる。だが、

「……！」

ピタリと、向かってくる騎士達の動きが止まった。

まるで時間すらも静止したかのように見えるが、よく見れば周囲には細く光る『糸』がある。

ハインが使っていたそれは武器であり、以前にディグロスを止めた時にも使用していたものだ。

身体の動きを止めるだけでなく、下手に動けば肉に食い込むようで、捕らえられた騎士達は呻き声を上げる。

フレアを守るために動いた騎士は悉《ことごと》く動きを止められ、やがて戦況は完全に劣勢となった。

この場において最も実力があり、ハインを止められる可能性のあるのはエリスだ。

だが、エリスは敵の一人を相手取るのに手いっぱいで、すぐにはこちらにやって来られない。

ハインが懐から一本のナイフを取り出すと、それをルーテシアの方へと放った。

ヒュンッと風を切る音が耳に届き、頬を掠めるほどの距離を銀色の刃が通ったのがかろうじて見えただけだ。

ルーテシアは反応すらできず、わずかな痛みと共に頬に温かい感覚が伝わる。

「剣を握ったところで、実力は知れています。あなたでは、私を止められませんよ」

これは警告だ――もしも真正面に放たれていたら、ルーテシアは頭部を貫かれていた可能性がある。

たった一本のナイフだけで、ここに立つ資格がないことを分からされてしまう。

剣を握った手が震えて、呼吸が乱れた。

目の前のハインに恐怖している――ハインはどこまでも冷徹な表情を浮かべていて、それはルーテシアの知る彼女とはかけ離れていた。

普段から表情をあまり表に出さない人であったが、ルーテシアは彼女が誰よりも優しいことを知っている。

十年も一緒にいたのだから、何でも知っていると思っていた。

「ルーテシア……」

か細く名を呼ぶ声が、ルーテシアの耳に届く。

後ろに控えているフレアだ。

ハインを目の前にして振り返ることはできないが、彼女が言いたいことは伝わってくる。

――これ以上無理をしてはいけない、ここから逃げるべきだ。

言葉にせずとも伝わって、それがルーテシアを奮い立たせることになる。

何故、ここにいるのか。

フレアを守るために決まっている——今更、ハインを前にして何を怯えているのか。

分かっていたはずなのだ、彼女が敵にいることは。

「大丈夫」

小さく息を吐きだして、ルーテシアははっきりとした言葉で答える。

フレアに対する返答でもあり、自分に対する叱咤《しった》の意味も含まれていた。

ルーテシアは血で濡れた頬を拭う——そこにはすでに傷はなく、ハインが驚きの表情を浮かべた。

「この程度なら、傷の一つにもならないわよ」

「——まさか、治癒術を自分に対して発動している……？」

ハインが驚くのも無理はないだろう。

自分に治癒術をかけること自体は決して難しいことではない——驚いている点は、ルーテシアが治癒術を発動しているように見えないという点。

「自動治癒《オート・リカバリ》——実際に使ったことはほとんどないのだけれど」

「怪我を負った際に自動で発動する治癒術……というわけですか。それは、人という枠組みを超えかねない領域ですよ」

「大袈裟な物言いね。治癒術自体、難しくても使える人は少なくはないわよ」

「その通り。ですが、あなたはご自身のやっていることが分かっていない――いいえ、今は論じるべきことではないでしょう。驚きはしましたが、あなたは私の攻撃に一切反応ができていない。それに、治癒術である以上は回復が完全に追いつくわけではないのですから」

ハインがそう言うと、数本のナイフを取り出して、ルーテシアに向かって放つ。

剣を構えるが、どれも斬り払うことができずに、身体中あちこちに切り傷を負う。

ルーテシアがいる限り背後にいるフレアには届かないが、深い傷はすぐには回復しない。

「くっ、ぐぅ」

思わず、呻き声が漏れる。

治癒術は痛みを和らげることはできるが、傷を負った瞬間は別だ。

斬られれば斬られるだけ痛みがあって、ルーテシアは苦悶の表情を浮かべる。

けれど、決して逃げ出すことはしなかった。

「さあ、お嬢様。我慢比べはもうやめましょう?」

「ええ、そうね。貴女は……私を、殺す気がないんでしょう?」

「――」

ピタリと、ハインが動きを止める。

全ての攻撃はルーテシアに傷を負わせたが、致命傷には程遠い。

素人にでも、そこに殺意がないことは分かるだろう。

「……あなたは私のターゲットではないですから」

「私がいる限り、フレアには手を出させない」

「ナイフの投擲にも反応できないのに、随分と驕った発言ですね。私ならあなたを無視してでも――」

「ハインッ！」

「！」

広場に響き渡るほどの大きな声をルーテシアが発し、ハインは目を丸くして押し黙った。

ルーテシアは今までに見せたことのない、怒りと悲しみの入り混じった表情で、叫ぶように言う。

「貴女のことを……私は何も知らなかった！　十年も一緒にいたのに、私は貴女がどうして、こんなことをしているのか、まだ分かっていないっ！　こんなバカな人間、愛想を尽かされたってしょうがないって、正直に言えば思っているわ！　でも……それでも！　私は、貴女に戻ってきてほしいの」

途中、言葉を詰まらせながらも、ルーテシアは本音を口にした。

ハインはルーテシアを殺さない――けれど、敵に協力する理由がある。

どうしようもないことだって、分かっている。

この訴えだけで止まってくれるのなら、とっくにハインは戻ってきてくれたはずだ。

けれど、言葉にしないわけにはいかなかった。

それが、ルーテシアの願いだからだ。

「お嬢様――」

「ハイン、いつまで遊んでいるのですか？」

「！　システィ……」

口を開いたハインの言葉を遮ったのは、エリスと戦っていた女性――システィだ。

ルーテシアもその顔には覚えがある――以前に、アーヴァントやクロードが橋の上で待ち構えていた際に、ハインに何か耳打ちをして、彼女の動きを制限したのだ。

エリスを前にしても、なおハインへと言葉をかける余裕があるのは、彼女もまた実力者であることを窺わせる。

「これ以上、時間をかけると言うのなら、分かっていますね？」

「……無論です。少々、戯れが過ぎました」

「ハイン――！」

ルーテシアの身体にも、ハインの操る糸が巻き付いて、その動きを制限した。

無理やり動こうとすると糸は身体を斬り刻む――いくらルーテシアが治癒術を使って傷を治せても、縛るような糸から無理やり抜け出す力はない。

その隙に、ハインはルーテシアの横を通りすぎ、フレアへと迫った。

わずかに視線が交差したが、ハインは止まらない。

「フレア様ッ！　クッ、そこをどけ！」

「いいえ、あなたは王女を守れなかった騎士として、この先を生きていくのですよ」

エリスも間に合わない。

ハインがナイフを握り、刃先を真っすぐフレアへ向かって振り下ろす。

（ダメ……私じゃ、止められなかった……！　誰か、お願い……！）

ハインに――親友を殺させないで。

「――お姉ちゃんっ！」

その願いを叶えるのは、一人の少女の叫びだった。

瞬間、フレアの喉元にナイフを突き付けたまま、ハインの動きが止まる。

ルーテシアは声のする方向に視線を送った。

広場を見下ろせる所にいたのは見覚えのある少女だ——名前は確かクーリと言ったはず。

シュリネが病院で知り合った子で、見舞いにも顔を出した方がいいと最後に話した。

「ちっ、すぐに確保しなさい」

エリスと戦っていたシスティが近くの仲間に指示を出し、それに応じてクーリの下へと数名向かって行く。

その動きは素早く、すぐにでもクーリを捕らえる勢いであった。だが、

「……あ」

ルーテシアは気付いて、声を漏らす。

はっきりと顔が見えないが、クーリの傍にもう一人——少女がいる。

クーリの下へと向かった刺客は、彼女の傍まで近づいたところで、軽々とその少女に斬り伏せられた。

この辺りでは非常に珍しく、派手な着物姿をした少女——

「シュリネ……！」

思わず、その名前を口にする。

どれほど彼女のことを心配したか。

そして、どれほど待っていたか――どうやら、ハインも同じだったようだ。

「本当に、やってくれたようですね」

安堵したような声を漏らすと、ハインはそっとナイフを下ろす。

ルーテシアの動きを止めていた糸も、はらりと身体から離れる。

「ハイン！　我々を裏切るのですか!?　この場を切り抜けられるとでも!?　今なら、まだ間に合いますよ。さあ、すぐに王女を殺しなさい！」

システィが怒りの交じった声で言い放った。

だが、すでにハインから、フレアを殺そうという意志は感じ取れない。

ゆっくりとした動きで、ハインはルーテシアの傍に立つ。

「裏切るなどと、おかしなことを口にしないでください。私が忠誠を誓ったのは、いいえ――これからも、忠誠を誓うのはこの世でただ一人」

ナイフを構えて、はっきりと宣言する。

「ルーテシア様、ただ一人です」

ハインにとっての、主の名前を口にした。

＊＊＊

「――ねえ、いつまで私のことをお嬢様って呼ぶのよ？」

やや不服そうな表情で、ルーテシアがハインのことを見る。

ハイレンヴェルクの屋敷の裏庭――洗濯物を干していたハインはその言葉に首を傾げる。

「？　お嬢様はお嬢様ではないですか」

ハインは淡々とした口調で答えた。

ルーテシアがまだ十四歳の頃――この時は、まだ当主になるのはずっと先のことになるだろう、そう考えていたに違いない。

あるいは、当主になる自身の姿すら、想像していなかったか。

「そうじゃなくて、私もそろそろ、お嬢様って言われるのも、なんというか」

ルーテシアは随分と歯切れ悪く、視線を泳がせながら言った。

何となく、彼女の言いたいことは分かる。

十四歳になって、『お嬢様』と呼ばれることに少し抵抗があるようだ。

――と言っても、この国では当主の娘をそう呼ぶのは普通のことで、そこに年齢など関係はない。

ちょっとした我儘みたいなものだ。

ハインはルーテシアにはバレないように、洗濯物を干しながらくすりと笑みを浮かべる。

「私にとってお嬢様はお嬢様ですよ。これからもずっと」

「それはもちろん、ハインはずっと一緒にいてほしいわよ。だから……その、名前で呼んでほしいから」

ハインは手を止めて、ルーテシアの方を見る。

少し恥ずかしそうにしているのは、改めてお願いするようなことでもないと、自覚しているからに違いない。

ルーテシアの願いを聞き入れるのは難しい話ではない――だが、ハインにとっては簡単なことではなかった。

ハインはハイレンヴェルクの家に仕えるメイドであるが、送り込まれただけの存在に過ぎないということ。

いくら年月が経とうと、その事実は変わらない。

何かあれば、ハインは目の前の少女を裏切ることになるのだ。

――ここにやってきた当初は、ただ仕事をこなすつもりで来た。

言われたことを言われた通りにすれば、何も問題はない。

別にルーテシアやその家族に危害を加えるような話はなかったし、あくまでハイレンヴェルクの家を監視し、その動向を報告するだけ。

ハインはその役目を果たしていたし、ハイレンヴェルクの家からも認められている。

一度だけ、ハインは『普通の生活』に憧れたことがあった。

ただの一度、妹であるクーリを連れて逃げ出そうとしたのだ。

『魔究同盟』は確かにハインとクーリを救ってくれた。

けれど、その組織に善意などなかった。

ハインはもう、必要以上にルーテシアと仲良くするつもりはない。

そう考えていたのに――どうしても、彼女のことを大切に思ってしまう。だからこそ、
ハインはある提案をした。

「お嬢様を名前で呼ぶのは構いませんが、一つだけ条件をつけましょう」

「条件？」

「お嬢様が、ハイレンヴェルクの当主として立派に役目を務められた時……なんて、どうでしょう」

「当主って……何年先の話なのよ!?」

ルーテシアは少し怒ったような表情を見せ、ハインに詰め寄る。

「願いというのは簡単に叶うものではない、という私からの教訓のようなものです」

「名前を呼ぶだけでしょう」

「お嬢様は優秀ですが、私にとってはまだまだ『お嬢様』です。さ、まだ勉強の途中でしょう？　ここにサボりに来たのは分かっていますからね」

「……もういいわっ、別に、貴女にお嬢様って呼ばれるのが嫌なわけじゃないし」

くるりとルーテシアは踵《きびす》を返して、ハインの下を去る。

その後ろ姿を見送って、ハインは儚げに微笑みを浮かべた。

「あなたが当主として、私を必要としない時がくれば……その時は、安心してあなたの下を去れますから」

これは、ハインの我儘だった。

思えば、彼女が母を亡くした時からか——本当は、ルーテシアの傍にずっといてあげたかった。

気丈に振舞っていても、彼女もまた一人の少女で、けれど貴族の令嬢という立場もあってか、人を頼ろうとはしない。

彼女の支えになりたいが、そんな資格は自分にはない。

ハインもまた、終わらない葛藤の中にいる。

——だからこそ、彼女の『名前』を呼ぶ時は、永遠に来ないのだと思っていた。

第五章　私の『望み』

「お話は後で。いかなる罰も受ける覚悟はございます。ですが、今はフレア様のお傍に。私は敵を始末します」

今すぐに話したいことはあるだろう——だが、状況はそれを許してはいない。

ルーテシアも理解していて、ハインの言葉に黙って頷くと、フレアの下へと向かう。

次いで、システィと戦っていたエリスもフレアの傍につく。

システィが止めなかった理由は単純——明確な殺意をハインに向けているからだ。

「ハイン……」

「敵、と言いましたね。ハイン……あなたは誰より優秀で、だからこそあの方にも認められていた。けれど、あなたはやはり欠陥品です。命令に従い、王女を殺していれば——あなたも、妹の安全も保証されていたというのに」

「常に脅されている状況など、安全というには程遠いですよ。それに、妄信的に仕えることが正しいというのであれば、私は欠陥品と言われようと構いません。システィ、私はもう――あなた達の仲間に戻ることは決してない」

はっきりとした決別の宣言。

システィは手で合図を出し、近くの騎士と戦っていた者達をハインへと向かわせる。

ここを襲撃した者のほとんどは暗殺に特化しているが、決して戦闘力が低いわけではない。

実際、ほとんどの刺客が騎士に倒されることなく健在だ。ただし、

「誰一人、ここから先には通さない」

ハインの放った『鉱糸』が向かってきた刺客の全てを捉え、その動きを止めた。

否、さらには斬り刻み、戦闘不能にまで追い込む。

フレアを狙った刺客の中でもハインとシスティは別格だ――ハインがこの場において離反した以上、戦力の拮抗《きっこう》は崩れている。

「私は今、王宮にいる全ての戦力を把握しています。降伏するつもりはありますか？」

「降伏？　するわけがないでしょう。有象無象と私を一緒にしてもらっては困ります。私一人でも、あなたを殺して王女を始末してみせましょう！」

システィが動く。

彼女の得物は短刀で、速さだけで言えばハインを上回っている可能性もある。

単純な白兵能力においても、ハインとシスティは過去に戦闘訓練を行ったことはあるが、勝率で言えばシスティの方が高い。

ハインは近づいてくるシスティにナイフを投擲するが、まるで何事もなかったかのようにすり抜けていく。

『影縫』――瞬間的に発動した幻覚魔法と特殊な歩法と組み合わせることで、あたかも物体がすり抜けているかのように見せる技。

システィが得意としており、戦闘訓練でもよく使っていた。故に、

「避けた瞬間を狙えば、捉えるのは容易い」

「……っ！」

システィが驚きに目を見開いた。

彼女の短刀を握った右手はすでにハインの放った『鉱糸』に絡めとられている。

咄嗟に右手から短刀を左手へと持ち替え、『鉱糸』を切断しようとするが、短刀一本で簡単に切断できる代物ではない。

システィの両手足に『鉱糸』が絡みつき、さらには身体中を締め付けるような形となる。

無理に動こうとすれば身体が引き裂かれる――分かっているからこそ、システィはその場で動きを止めた。

「何故、という顔ですね。何度も見せられれば、動きくらい把握できますよ」

「それは、私も同じこと……！　あなたの扱う『鉱糸』は広い範囲に視認も難しい……だからこそ、扱うのは容易なことではなく、速い相手を捉えることはできない！　私は、何度もあなたの『鉱糸』による攻撃を避けて、見極めたはず――」

そこまで言い終えたところで、システィは何かに気付いたようにハッとした表情を浮かべた。

「どうです？　私の演技は」

「私の前では、本気じゃなかった――」

言い終える前に、ハインが『鉱糸』でシスティを斬り刻む。

――彼女は捕らえたとして、間違いなく情報を吐かない。

むしろ、諦めが悪い故に、ここで生かしておくことは、この後の状況を悪くする可能性すらあった。

システィを始末することに、ハインは一切の迷いを見せない。

あらゆる『呪縛』から解き放たれた彼女は、ようやく真の実力を発揮することができるのだ。

そして、その相手がここにやってくることもまた、ハインは理解している。

ドンッ、と大きな音と共に、一人の男が吹き飛ばされてきた。

呼吸は荒く全身傷だらけで、それでもすぐに起き上がると、男――ウロフィンは向かってくる少女へと剣先を向けた。

「不覚……こんなところまで追いつめられるとは……！」

「それはこっちの台詞よ。あなた、思っていたよりやる――あら？」

少女――レイエルは、その場の状況をすぐに理解したらしい。

フレアを襲った刺客は全てハインが始末した。

すでに、レイエル以外には仲間はいない状況だ。

その上で、彼女は楽しそうに笑みを浮かべる。

「飼い犬に手を噛まれた……というところかしらね。ふふっ、キリクも躾がなっていないのね？　手の込んだことをしたつもりで、全部台無しにされちゃって」

ウロフィンがレイエルへと向かって行くが、勢いに任せた彼女の蹴りを受け――体格差などものともせず、ウロフィンの身体が後方まで飛ばされていく。

「まあ、こういう事態にも備えてこのレイエル様が協力しているわけだけれど。さて、裏切り者と王女――全員、殺してしまえばいいのね？　随分と楽なお仕事だわ」

「……」

静かに、ハインはナイフを構えて対峙した。

「……ぐっ、く」

ウロフィンが呻き声を上げながら、上体を起こす。

すでに動くこともままならないほどの怪我を負っている――だが、彼のことを気にかけている余裕はもう、ハインにはない。

むしろ、ウロフィンは褒められるべきだろう。

ハインが自由になるまで――彼女を足止めしていてくれたのだから。

「あなた、確かハインと言ったかしら？」

「私の名前を憶えているとは、意外ですね」

「他人の名前や顔を覚えないタイプとでも言いたいのかしら？　失礼しちゃうわね。でも――半分正解よ。少なくとも、有象無象の名前を覚えるようなことはしないわ。そこのおじさんの名前も覚えてない……というか、そもそも聞いてない気がしたわね。ま、どうでもいいことだわ」

「おのれ、小娘……！」

数名の騎士が、ウロフィンがやられた姿を見ても、引き下がることなく駆け出す。

ほとんど無傷でウロフィンを倒した時点で異質なのだが、少女の姿が彼らの恐怖心を鈍らせているのか。

「愚かね」

レイエルがそう言うと、彼女の周りにふわりと赤色の物体——否、液体が舞った。

ぐにゃりと姿を変えて、細長い『槍』へと変化していく。

ヒュンッ、と風を切る音と共に、騎士達を簡単に貫いていった。

「ぐぅ……！」

「ぎ……!?　な、なんだ……!?」

「雑兵なんて、この程度で十分よ」

次々と騎士へ向かって行く小さな槍。

ハインはすぐに反応して、『鉱糸』で槍を切断した。

「すぐに私より後ろへ下がってください！」

ハインがそう言うと、騎士達は相手の異常さをようやく理解したのか、素直に従って下がる。

パシャッ、と音を立てて崩れた槍を見て、血液で作られたものであることをすぐに理解した。

レイエルのことをハインは詳しく知っているわけではない——『魔究同盟』は一つの組

織ではあるが、様々な目的を持った者の集団でもある。

キリクとディグロスの仲は決していいとは言えず、当然――そんな相手と共にしているレイエルの情報までは多く持っていない。

だが、ディグロスの傍にいる彼女が、普通の人間ではないことは容易に想像できる。

ハインはレイエルの放った攻撃を防ぐと共に、すでに攻撃に転じていた。

『鉱糸』による斬撃――レイエルの肩の辺りに直撃するが、彼女は特に慌てる様子もなく、それどころか避ける仕草すら見せなかった。

決して、ハインの攻撃に反応できなかったわけではない――

「そんな攻撃じゃ、私は殺せないわよ？」

流血がふわりと浮かび上がり、いくつもの小さな血の槍を作り出す。

再び、ハイン以外の者を狙って放たれた。

（……っ、狙いは私以外、というわけですか……！）

ハインは今、この場にいる全員を守るつもりでいる。

それはルーテシアやフレアに限らず騎士達も含めて、だ。

『鉱糸』の範囲を広げ、飛翔する血槍を斬り刻む。

魔力によって凝固しているようだが、決して防げない攻撃ではない。

――問題は、砕いてもその場で再び血槍が作り出されるという点だ。

防いでも、血はその場から消えない。

作り出されるのを確認したらすぐにハインの『鉱糸』でそれを破壊する。

一見では小さく殺傷力も低くは見えるが――それが頭部や首、あるいは心臓へと当たれば、十分に人を殺せるだけの力を持っているだろう。

そして、先ほどレイエルへ与えた傷はすでに治っている――致命傷を与えることはできないという、彼女からの通告というわけか。

「……あなたのその回復力、話に聞く『吸血鬼』というわけですか」

「あら、あなたは知っているのね。なら、私に勝てないということも分かっているのではなくて？」

「詳しいわけではありません。ですが、この程度の攻撃ならば防ぐことは造作もないことです」

「そうねぇ。しっかり防がれているみたいね。でも――」

瞬間、レイエルがその場から消えた。

「私とまともに戦いながら、周りの人間を守れるかしら？」

「……っ！」

眼前に赤色の刃が迫り、ハインは咄嗟に後方へと下がった。

すぐさま『鉱糸』を先ほどまでいた場所に振るうが、レイエルもまた反応が早く、今度は避けられてしまう。

その上、再び血槍が精製されて——あちこちへと飛翔を始めた。

ハインが防ごうとするが、今度はレイエルがこちらに向かってくるのを視認する。

全員を守りながら、レイエルとまともに戦うことは不可能だ。

ハインは今、選択を迫られている。

守れる人間だけを守り、レイエルとの戦いに集中することだ。

そもそも、この場にいる騎士はフレアを守るためにいる——ウロフィンが圧倒され、一部の者はまともに動けずにいる。

血槍でさえ、反応できるのはごく少数なのだ。

ルーテシアとフレアの傍だけを守り切れば、多少は戦いやすくなるだろう。それでも、ハインは全てを守る選択をした。

「——バカねぇ、周囲に気を配りながら、私の攻撃を防げると思っているの？」

地面から、突然血槍が生えてくる。

それは周囲を飛翔する物より遥かに大きく、ハインの心臓目掛けて真っすぐ向かっていた。

――初めから、注意を周りに逸らしてハインを仕留めるのが目的だったのだろう。

回避はできず、防御もできない。

ハインは、この状況でも自身の命より他の者を守ることを優先した。

「防げるさ、私がいるからな」

「！」

言葉と共にハインの前に姿を見せたのは、フレアの傍にいたエリスだ。

風を纏った剣で血槍を防ぎきると、さらには風の刃を放って反撃に転じる。

真っすぐレイエルの首を狙ったそれは、簡単に避けられてしまったが。

（……今のは）

「ハイン、私は貴様を許しているわけではない。ルーテシア様の付き人とはいえ――貴様はフレア様を狙った大罪人だ」

「……存じ上げております。許されないことは理解した上で、私はここに立って、戦っているんですから」

「そうか。ならば、ハイン――今は皆を守るために、協力するとしよう」

「ありがたい提案です。私があなたに合わせます」

ルーテシアとフレアに、それぞれ長く仕えている二人の共同戦線だ。

ハインだけではジリ貧であったが、エリスが加われば――

「そうね。さっきよりはマシじゃないかしら？」

わずかに勝てる可能性がある、といったところか。

＊＊＊

「きゃっ！」

目の前に迫る血槍に、クーリが小さな悲鳴を上げた。

だが、彼女にそれが届くことはない――刀を握り、シュリネは迫りくる全てを捌ききる。

パラパラと砕け散っていく血槍を横目に、シュリネはハインと相対する少女に視線を送った。

こちらを一切気に留めていない――一見するとそう見えるが、わざわざこちらまで手出しをしている理由は、何となく想像がつく。

シュリネが参戦することを忌避しているのだろう。

敵側でもある程度、こちらの戦力は把握しているはず――シュリネは戦力としては最強クラスであり、今の戦いに加われば間違いなく有利になる。

だからこそ、あえてクーリを狙っている。

(なら、クーリを遠ざけるのは選択としては間違いじゃないんだけど)

ちらりと、シュリネはクーリに視線を向けた。

両手を合わせて握り、じっとハインを見つめる彼女の手は、震えている。

この戦場にいることさえ、クーリにとっては負担になるだろう――だが、彼女はハインの戦いを見届けようとしている。

それに、ここから離れたからと言ってクーリの安全が保証されるわけではない。

今、この場にて彼女を守り切ることが、シュリネがすべきことなのだ。

(……とはいえ、魔力が尽きる前には決着をつけてほしいけどね)

シュリネは向かってくる血槍を刀で斬り払う――当然、魔力を通したものでなければ、この血槍を破壊することは難しい。

普通の刀であれば、簡単に砕かれて終わりだ。

ハインに加えてエリスが参戦した状況でも、なお勝てるか分からない敵だ。

「……お姉ちゃん、勝てる、よね？」

震える声で、クーリが問いかけてきた。

「どうだろうね。見る限り、あの女の子はかなり強いよ。それこそ、わたしでも正面からやり合っていけるかどうか」

「そんな……」

クーリを元気づけるための嘘は吐かない――だが、

「でも、ハインは勝つと思ってるよ」

「！　どうして……？」

「あえて理由をつけるなら、ハインは負けられないからだ」

戦いにおいては、結果が全てだ。

ハインとエリスが負ければ、二人とも死ぬ――そうなれば、次に戦わなければならないのはシュリネだろう。

残念ながらシュリネには、この場にいる全員を守りながら戦う能力は、足りていない。

ハインだからこそ、今の状況を保てているのだ。

「ハインは今、全力で戦ってる。ここで負けたら、全部を失うって分かってるからね」

「でも、それだけじゃ――」

「うん、だから、理由をつけただけ。こういうの、信じるっていうのかな。あなたもハインが負けるなんて、思ってないでしょ？」

クーリは問われて、こくりと頷いた。

シュリネに聞いたのは不安があったからだ——ハインのことを誰よりも信じているのはクーリなのだから、今は信じて見守るだけでいい。

シュリネだけは、この戦いの先を見据えている。

血槍を防ぎながら、常に周囲には気を張っていた。

クーリを守っているから、ここを離れられないというのも、理由の一つにはある。

だが、それ以上にシュリネは警戒している相手がいる。

気配は感じられないが、最初に姿を見せた時も突然だった。

ディグロス——近くで戦況を見守っているのか、定かではない。

今、最も警戒すべきなのは、彼の参戦だ。

あるいは、この戦いにシュリネが入った時点で、やってくる可能性だってある。

(そのためにも、魔力はなるべく温存したいんだけど——ねっ！)

再び、向かってくる血槍を刀で防ぐ。

ディグロスに勝つための秘策はある——シュリネの魔力が尽きる前にハインが勝利することが条件だ。

「……全く、難儀な戦いだよ」

小さな声で愚痴るように呟きながら、シュリネは小さく笑みを浮かべる。

他人を信じるなどという、柄でもないことをやっている自分が、どこか可笑しくて笑えた。

――戦況は、そこからすぐに動くことになる。

＊＊＊

「――ふっ」

一呼吸。踏み込んだエリスが、レイエルへと剣撃を放つ。

ただの斬撃ではなく、風の魔法と共に放たれるその一撃は、まともに受ければ大岩ですら両断する威力を持つ。

だが、レイエルは自身の作り出した血剣で簡単にそれを防いで見せた。

レイエルの周囲に血槍が精製され、エリスへと向かってくる。

それを迎撃するのは、ハインだ。

血槍は絶えず作られ続け、そのたびにハインが『鉱糸』によって破壊している。

その場から動かずに、広い範囲で対応を続けられるのはハインくらいのものだろう。

防戦一方で反撃には出られないが、その分エリスが攻勢に転じられる。

純粋な戦闘能力だけであれば、エリスはレイエルには引けを取らない。

距離を詰めると、エリスとレイエルの剣がぶつかり合う——体格だけで言えばエリスの方が上回っており、むしろレイエルは小柄ではあるが、拮抗するどころかエリスが押し負けるほどだ。

バランスを崩したように見せかけて、エリスは蹴りを放つ。

レイエルの腹部を捉えるが、直撃と同時に足を掴まれ、勢いのままに地面に叩きつけられる。

「かはっ」

「行儀の悪い子——」

倒れたままに、エリスが風の斬撃を繰り出す。

レイエルの肩へ直撃するが、吹き出した血がそのまま刃となってエリスへと向かってくる。

咄嗟に剣で防ぐが、そのまま吹き飛ばされた。

地面を滑るようにしながら体勢を立て直し、エリスは再びレイエルとの距離を詰め、再び斬り合いが始まった。

冷静に状況を見据えるのは、ハインだ。

(レイエルの耐久力は人のそれではない――ですが、おそらく仕留めることは可能。問題は、血槍の方……！)

レイエルとまともに戦うことができるハインが、防御の役割を担っている。

ここにシュリネが加わってくれれば戦況は大きく変化するだろうが――彼女は今、クーリを守ってくれている。

血槍はクーリさえも逃さず狙っており、ハインの防御の範囲外だった。

隙は見せられない――ハインはほんの一瞬だけ、クーリの方に視線を向けた。

向かってくる血槍の全てを斬り払うシュリネの姿が映った。

(……本当に、頼りになりますね)

ハインはすぐに目の前の敵へと視線を戻す。

シュリネがいる限り、クーリの安全は保証されるだろう――だが、体力が永遠に持つわけではない。

レイエルは早くに打倒しなければならない相手だ。

思考を巡らせ、ハインはレイエルに対する勝ち筋を考える。

けれどどう考えてもあと一つ、ピースが足りない。

「──全員、魔力で『盾』を作れ……！　フレア様をお守りする……！」

その時、指示を出したのはウロフィンだった。

仲間の騎士に支えられ、何とか立ち上がれるかどうかというほどに弱っている男が、自らの足で立ち、傷だらけの身体でルーテシアやフレアの前に立つ。

「ウロフィン！　その怪我で無理をしては……！」

「フレア様、あなたをお守りすることは……騎士の務めです。今、役目を果たせなければ……俺は──死んでも死にきれない」

ウロフィンは言葉と共に、すぐ近くでフレアを守るように立つルーテシアにも、視線を向ける。

「ルーテシア様、フレア様のお傍から動かないでください。今度こそは……あなたもお守りします」

「……なら、私のすぐ近くにいて。少しでも痛みを和らげるから」

「では、お言葉に甘えるとしましょう。……動ける者は集合しろ！　怪我で動けない者は近くの者が守れ！　王国の騎士の力を今こそ見せる時だ！」

ウロフィンの指示に従い、騎士達が動き出す。

ハインは騎士達を侮っていた──血槍は、決してハインでなければ防げないものではない。

彼らもまた、研鑽《けんさん》を積んできたのだ。

エリスがレイエルとの戦いを始めたことで、どうやら血槍のコントロールも完璧ではなくなってきている。

ハインは『鉱糸』を防御に使うのを止め、攻勢に転じた。

「！」

レイエルはすぐに反応し、大きく後退する。

先ほどまで彼女のいた場所が斬り刻まれるが、当たってはいない。

やはり、距離のある状態の『鉱糸』でレイエルを仕留めることはできない――ハインは低い姿勢で駆け出すと、レイエルとの距離を詰めた。

その隣には、エリスが並ぶ。

「方法はあるか」

「一か八か」

「ならば、私が合わせる」

会話はそれだけで十分だった。

エリスが斬りかかり、レイエルがそれを防ぐと、左側から回り込んだハインがナイフを突き立てる。

狙うのは首――レイエルは視線でそれを追うと、

「気付いたのね、でも……やらせると思う？」

瞬間、彼女の周囲から赤色の針が飛び出した。

エリスとハインを同時に襲い、ギリギリのところで反応したが――互いにいくつも傷を負う。

それでも、二人は止まらない。

やられると同時に、ハインはすでに仕掛けていた。

近づいた自身は囮《おとり》であり、本命は近づいた瞬間にもう片方の手で操っていた『鉱糸』。

それが、レイエルの首に巻き付く。

「――首を切断したいのなら、どうぞ」

スパンッ、と音が鳴る。

だが、レイエルは自身の頭を掴むと、それをすぐに首へ戻した。

流れ出す鮮血はすぐに止まり、血に染まった彼女は、エリスとハインにそれぞれ手を伸ばし、

「残念だけれど、これで終わりね」

放たれるのは血の矛。

エリスはその一撃を受けて、大きく吹き飛ばされた。

ハインもまた、かろうじて直撃を免れるが、脇腹を抉《えぐ》られて大きなダメージを負う。

「……っ！」

その場に膝を突いて、ハインはレイエルを見据えた。

想像以上に自身が負った傷が深いことを、地面を染める赤色で理解する。

「ハインっ！」

「お姉ちゃんっ！」

ほとんど同時に、ルーテシアとクーリの声が耳に届いた。

二人が見ている――ハインにとって、守るべき存在が。

こんなところで、負けるわけにはいかなかった。

ハインは両腕を目の前で交差させ、『鉱糸』を操る。

「無駄なことを。首を飛ばしても意味がないって理解しなかったのかしら？」

「順番を間違えました。先に潰すべきは――両腕ですね」

『鉱糸』を引くと、レイエルの両腕が切断される。

彼女は自身の『不死性』に圧倒的な自信を持っている――確かにそれは戦いにおいて圧

倒的な力であり、彼女一人に全滅させられそうになっているのもまた事実だ。

「あはは！　バカね！　さっきから見てないのかしら⁉　私は血を操るのよ！　これだけ出血させてくれるなんて、武器を増やすだけじゃない！」

切断した両腕から噴き出した血が、凝固して獣の腕のように変化する。

それはすでに動くことすらままならないハインへと迫るが、レイエルがバランスを崩した。

「……⁉」

腰から切断されている——見れば、飛んできたのは風の刃だ。

「——《大風旋》」

腹部を貫かれてなお、エリスは倒れていなかった。

絞り出した全力の一撃——レイエルの不死性を見ているからこそ、無駄打ちはできなかった。

チャンスは、ここにしかない。

ハインは地面を蹴って、レイエルの前に跳ぶ。

エリスに視線を向けていた彼女はわずかに反応が遅れた。

反撃に転じようとするが、ハインがレイエルの首を刎ね飛ばす。

「こ、の……！」

すぐに血液が動いて切断面を繋ごうとする。

恐ろしいほどの生命力――だが、ハインは最後の力を振り絞って、レイエルの首を力いっぱい蹴り飛ばした。

「吹き……飛べェ！」

レイエルの頭部が宙を舞う。

ハインの目の前に立った彼女の身体からは血が噴き出して、だらりと脱力した。

――そして、再生することはなかった。

＊＊＊

王宮の広場は静寂に包まれる――ゴロゴロと地面を転がっていくレイエルの首。

ハインはゆっくりとその場に膝を突いた。

「お、おお……勝った、勝ったぞ！」

その場にいた騎士の一人が声を上げ、続々と歓声が上がる。

薄氷の勝利――だが、敵は討ち取った。

「エリス……！」

フレアがすぐに、倒れ伏したエリスの下へと駆け寄る。

ルーテシアは、まだウロフィンの治療をしていたが、

「俺はもう、大丈夫ですから。他の怪我人の手当てを」

間違いなく、ウロフィンも重傷者だ。

だが、止血は何とか完了し、命の危機は脱している――今はハインとエリスの方が深手を負っているだろう。

ルーテシアは頷いて、ハインの下へと駆け寄ろうとする。

「私よりも……エリス様の手当てを」

「！」

近づいてくることを予期していたかのように、口を開く。

脇腹を抉られているのだ――どう見たって、ハインも重傷には違いない。

けれど、彼女はいつも通りの冷静な表情のままに言う。

「私は……自分で止血ができますから。エリス様の方が、すぐにでも処置が必要です」

「でも――」

「ルーテシア様」

ハインの言葉を受けて、ルーテシアは静かに頷いた。

本当は話したいことだってたくさんある。

今すぐに、彼女の下へ駆け寄りたい気持ちは強い。

だが、ハインの言う通り――ルーテシアでなければ、エリスの命の危機を救えないかもしれない。

「エリスさんの治療が終わったら、すぐに戻ってくるから」

ルーテシアはそう言って、踵を返す。

自分のすべきことを理解して、動くことができている――そんな後ろ姿を見て、ハインは微笑みを浮かべた。

「ご立派になられましたね、ルーテシア様」

「――お姉ちゃん！」

声が耳に届き、ハインはその姿を見た。

シュリネが下ろしてくれたのか、離れたところから走るクーリの姿が目に入る。

（……ああ）

この時を、どれほど待ち焦がれただろうか。

――彼女はもう、自由に外を走ることはできないのだと思っていた。

いや、ハイン自身も自由を得ることなど、できるはずはなかったのだ。

もはや罪人である自分には、十分すぎる幸せだ。

たとえ、罪が許されなかったとしても——ハインはもう、満足していた。

「レイエル……お前がやられるとは」

そんな彼女達の前に、絶望が降り立つまでは。

先ほどまでは、全く気配を感じなかった。

ハインのすぐ傍に現れ、地面を揺らしながら——大男、ディグロスは転がったレイエルの首を見据える。

「……っ！」

その場にいた全員が、凍り付いたように動けなくなった。

誰も存在を忘れていたわけではない——だが、もはや限界だった。

満身創痍《まんしんそうい》の状態で、まともに戦える人間がいない状況で、相手にできるものではない。

ディグロスは、少なくともレイエルよりも強いのだから。

すぐに動いたのはハインだ。

『鉱糸』を操り、ディグロスの動きを封じようと身体に巻き付ける。だが、

「それはもういい」

ブチンッ、簡単に『鉱糸』は切断されてしまう。

以前は動きを止められたが、今回のディグロスはすでに臨戦態勢だ――ハインは主力の武器を破壊され、驚きに目を見開いた。

「……ああ、あああああ！　この、クソ共！　ディグロス！　早く、私を助けてよ！」

さらに驚くべきことに、首だけになったレイエルが言葉を発したのだ。

まだ生きている――人間を軽々と超越した生命力であり、叫ぶ彼女の下へと、ゆっくりとディグロスが近づいていく。

ここで、彼女にまで復活されたらいよいよ詰みだ。

「油断したな、レイエル」

「うるさいっ！　こんな奴ら、私が本気を出せば余裕よ！　すぐに首を繋いで――」

「いや、お前はもう休め」

「……は？」

ディグロスはそのまま、レイエルの頭部を踏み潰した。

地面が割れる――レイエルが今度こそ死んだのは、誰の目から見ても明らかであった。

「仲間では、なかったのですか……！」

ハインがディグロスに向かって言い放つ。

　ディグロスはちらりと視線を向けるように身体を動かして、

「仲間だからこそ、殺した。あいつは全てを過信している。首を切断されて時間が経ちすぎた……あれではどのみち、助からん。ならば、苦しむ時間は短い方がいい。助からないという事実を知らずに、あの世に送ってやるのが情けというものだ」

　不死に近しいように思えたレイエルでも、あの傷では助からないらしい。

　だが、目の前にいるディグロスもまた――先ほどのレイエルと同じように、不死に近い再生力を持っている。

　当然、彼女を始末するためだけに姿を現したとは思えない。

「……それで、あなたはどうすると？」

「分かっているだろう」

　ディグロスが見ているのは、フレアだ。

　ハインは傷口を押さえながら、もはや立ち上がることも満足にできない身体で――それでも、震える両足に力を入れてディグロスの前に立つ。

「お前はレイエルを殺した。実力は認めてやる――そのまま動かずにいれば、俺の部下として迎え入れてやってもいいが」

　みんな同じだ――強い奴は、いつだって支配しようとしてくる。

けれど、ハインはもう、その道は選ばない。

「願い下げです。私は、この命に代えてもあなたを倒す……！」

ハインが動き出す。

ディグロスは小さく溜め息を吐くと、目の前の地面を拳で叩いた。

盛り上がった地面がそのままハインへと襲い掛かり、軽々と吹き飛ばされる。

ごろごろと地面を転がり、いよいよ立ち上がることもできなくなった。

「威勢だけはいいようだが……お前ももう終わっている。せめて、苦しまぬように殺してやろう」

ディグロスが近づいてくる――クーリの姿も目に入った。

来るな、そう言いたいが、もはや声も出ない。

（私は……）

望んではいけなかったのだ。

たとえ少しでも、幸せになる未来など。

ディグロスがハインの前に立ち、拳を振り上げた。

今度こそ、死ぬ――だが、永遠にも感じられる時間の中で、ハインの視界に一人の少女の姿が映った。

ピタリと、ディグロスの動きが止まる。

「――来たか、シュリネ・ハザクラ」

「選手交代だよ。今度は本気で勝負する約束だよね？　どうせ殺すならさ、わたしに勝ってからにしなよ」

こんな絶望的な状況でも、どうして彼女はいつだって笑っていられるのだろうか。

＊＊＊

シュリネはディグロスの後方付近に立つ。

まだ刀は抜いていない――動きを止めたディグロスが、姿勢をシュリネの方へと向けた。

「できれば万全な状態のお前と一戦交えたいところだが……程遠いようだな」

ディグロスの言う通り、シュリネはつい先ほどまで身体を毒に冒されていて、完全に回復したとは言い難い。

なおかつ、ディグロスにやられた左腕は治っておらず、はっきり言えば――彼と一対一で戦うにはあまりに無謀だろう。

その上で、シュリネは言い放つ。

「戦いにおいて常に万全な状態でいられるなんて考えてないよ。でも、わたしはあなたを斬るために来た」

「俺を斬る？　ふははは！　やはり、面白いな。それで、こいつを殺す前にお前と戦う……だったか？」

ディグロスが強く拳を握りしめると、勢いのままに振り下ろそうとする。

「どっちにしろ、順番が変わるだけ――！」

そこにはすでにハインの姿はなく、少し離れたところでシュリネが彼女を抱えて下ろしていた。

ほんの少し、ディグロスがシュリネから目を離した隙の出来事――シュリネの速さは常人を軽く凌駕《りょうが》している。

「少し待ってなよ」

シュリネは立ち上がって、再びディグロスと向き合おうとする。

「――何故」

消え入りそうなほどに小さな声だったが、耳に届いたハインの言葉に、シュリネは足を止めた。

「何故……私を助けたのですか」

「当たり前でしょ、何のためにここにいると思ってるのさ」

「あなたはルーテシア様の護衛で、私が願ったのは……クーリのことだけです」

腹部を押さえながら、ハインはゆっくりと身体を起こした。

呼吸は荒く、下手に動けば命の危機に繋がりかねない。

それでも、ハインはシュリネへの問いかけをやめない。

「あなたには、感謝しています。クーリを救ってくれて、私にチャンスをくれた——だからこそ、あなたはもう、ディグロスと戦うべきではない」

「そうはいかないよ。左腕の借りも返さないといけないからね」

「クーリも、ルーテシア様も、ここにいては危険だと言っているんです……！」

「それは二人とも分かってるよ。それでもここにいる——クーリはあなたのため、ルーテシアは王女様を守るため。全部ひっくるめて守るなら、あいつを斬るしかないよ」

「どうして、あなたは……！　ディグロスの強さはあなたも身を以て経験しているはず……！　それ、なのに……」

——ハインとて、ルーテシアがフレアの傍を離れないことは分かっているはずだ。

彼女の疑問は、おそらくシュリネがハインも守ろうとしていることにある。

シュリネは小さく嘆息すると、一つだけ彼女に尋ねた。

「面倒な話は抜きにしてさ、聞かせてよ。自分さえいなくなればいいと思ってる？　あなたは、クーリやルーテシアと一緒にいたくないの？」

「――」

シュリネの問いかけを受けて、ハインはすぐに答えられなかった。

決まっている――だって、ずっと望んでいたのだから。

「そんな、こと……一緒に、いたいに決まって……でも……」

「なら、もう迷うな。わたしはあいつを斬る。ルーテシアもクーリも守って見せる。別にあなたを守るわけじゃない――でも、二人が望んでることだから。あなたの望みは何？」

「私は……たとえ、許されなかったとしても――二人の傍にいたい……！　ずっと、それだけが私の『望み』です……！」

「――引き受けた」

腰に下げた刀を抜き、シュリネはゆっくりとディグロスの前に立つ。

「待たせたね。正直、仕掛けてくるかと思ったけど」

「最後の会話くらいさせてやる。それくらいの情は俺にもあるんでな」

「そっか、意外と優しいね。なら、私も特別サービスだ――遺言は聞いてあげるよ」

『最強』を前に、シュリネは自信に満ちた表情で言う。

王宮の広場にて、再び王国の運命を決める戦いが始まろうとしていた。

王国最強の騎士――クロードを打ち破ったシュリネと、もはや人の領域を超えた強さを持つディグロスの一騎打ち。

すでに王国側でまともに戦える戦力はおらず、一方でディグロスの側も襲撃を行った刺客はほとんどが制圧され残る戦力は事実上、彼一人だ。

シュリネが手に持ったのは、『普通の刀』――もう一つの刀は魔力を吸い続けるがために、普段の戦いでは使用しない。

だが、ディグロスの魔力量は桁違いだ。

クロードのように常に膨大な魔力を放っているわけではないが、まともにやり合えば必然、シュリネの刃は折られるだろう。

今は魔力を温存しておく必要がある――シュリネの唯一の勝ち筋のために。

「さて、お前の売りは速さにあるようだな」

ディグロスはゆっくりと拳を振り上げると、そのまま動きを止める。

近づいてくる気配はない――シュリネを待ち構えるつもりのようだ。

「そっちは異常な耐久力と攻撃力……ってところかな。当たれば死ぬ――そんな戦いばっかりだ」

「死にたくなければ、その場から動かないことだ。もっとも、お前は動くだろうがな」

「そりゃあね。こっちは守るために戦うんだからさ！」

シュリネは低い姿勢で駆け出した――刃は地面を擦るギリギリのところで、ディグロスの懐へと踏み込む。

ディグロスの脇腹を斬るように一撃。刃を振り切ったところで、カウンター気味に拳がシュリネへと振り下ろされる。

迫りくる拳は魔力を纏っている――一度、シュリネはディグロスの攻撃を受けた。

ギリギリで避けるのでは間に合わない。

シュリネはそのまま刃を振り切って地面を蹴る。

先ほどまでいた場所に拳が放たれ、大地がまるでクッキーのように簡単に割れた。

一撃しか放っていないはずなのに、まるで何発も拳を当てたかのように。

（やっぱり、『見えない打撃』か）

シュリネはディグロスの技のカラクリをすでに見抜いていた。

もはや完治不能にまで破壊されたシュリネの左腕は、まるで何度も力強く殴られたかのような怪我であった。

ディグロスの拳が纏っている魔力は彼の打撃の再現――直撃せずとも、掠るだけで致命傷となるほどの威力だ。

「どうやら、俺の技の本質を見抜いたようだな。随分と速く逃げるじゃないか」

「逃げてるっていうのはあんまり好きな言い方じゃないね」

「――！」

ディグロスが振り返るとすでに、シュリネは距離を詰めていた。

やはり体勢は低く、なるべくシュリネの姿が捉えられないようにしている。

再び、脇腹と合わせて足元付近を斬り刻む――だが、ディグロスは全く動じる様子もない。

先ほどシュリネが与えた一撃も、すでに治っているようだ。

振り向きざまにディグロスが拳で薙《な》ぎ払う。

すでにシュリネは距離を取って、今度は周囲を走り回ってディグロスを翻弄する。

「いくら速くとも、俺に致命傷を与えることができないのでは意味がないな。無駄に走り回っては、いずれ体力も尽きるはずだが」

ディグロスはもはや、シュリネを視線で追おうともしない――痛みに対する耐性もあるのか、今の戦い方では最初と同じだ。

今はフレアを狙うようなことはしていないが、ここでシュリネを無視して動くことだってあり得る。

だが、シュリネも意味なく走り回っているわけではない――低い姿勢のままに、背後から距離を詰める。

今度はディグロスが反応した。

シュリネ目掛けて振り返ると共に勢いのまま拳を振り下ろす。

そこにシュリネの姿はない――跳躍して、狙ったのは首元だ。

ディグロスは回避しようとするが、間に合わない。

魔力を纏った一撃が頭部を捉え、切断する――着地と同時に、シュリネはすぐに距離を取った。

(……ちっ、浅いか。でも、やっぱり避けた)

ディグロスも頭部への攻撃を嫌がっている――やはり、その不死性には弱点がある。

レイエルもそうだったように、切断された場合に時間がかかると治せないか、そもそも再生に制限があるか。

どうあれ、斬れるのであればシュリネにも勝ち目はある。

「割れたか」

真っすぐ切れ目が入ると、音を立ててディグロスの顔を隠していたマスクが崩れた。

「！」

シュリネはその顔を見て、目を見開く。

そこにあったのは人の顔ではなく、例えるのなら獅子のようであった。

牙は鋭く、その眼光は真っすぐシュリネを見下ろしている。

「――いや、今更驚くことでもないね」

つい先日、ディグロス以上に魔物のような存在と戦っている。

果たして同じ存在であるかは別として、ディグロスは自らの顔に手を触れて、口を開く。

「お前が言っているのはオルキスのことか？　アレと俺では根本が異なる――まあ、説明することでもないが」

「別に興味もないよ。あ、でも一つだけ気になることはあったかな」

「なんだ」

「あなた、わたしのこと知ってる風だったよね？」

「そのことか。確かに、俺はお前のことを知っている。気になるなら教えてやってもいい――俺に勝てたのなら、な」

ディグロスの構えが変わる――両手を地面につけると、シュリネへと真っすぐ駆け出した。

動きは相変わらず速くはないが、近づいてくるだけで圧はある――何より、ディグロスの異常な回復力だ。

追いかけられるだけでも体力を消費させられる。

シュリネは回避に徹する――だんだんと、ルーテシア達のいる場所から少しずつ離れるように。

広場の壁にディグロスがぶつかれば、分厚い壁も簡単に粉々になった。

隙を見て剣撃を与えるが、与えた傷はいずれも再生している――オルキスとの戦いの時のように、再生できなくなるのを待つのは無理だ。

「ふ、ふっ――」

呼吸は乱れており、シュリネも限界が近づいている。

オルキスとの戦いからまだ回復しきっていない身体では、どのみち長時間の戦闘は無理だ。

時折、反応が遅れてディグロスの攻撃に当たりそうになる。

全く当たらないようなはずの位置でも、シュリネの皮膚を抉るような威力だ。

大きくシュリネが距離を取ると、ようやくディグロスの動きが止まる。

「いつまでも逃げ回るだけか？　そろそろ飽きてきたが」

ちらりと、ディグロスの視線がフレアへと向けられる——挑発だろうが、確かに彼には
シュリネに付き合う道理はない。

「……そうだね。そろそろ頃合いかな」

シュリネは構えを取って、真っすぐディグロスの下へと向かう。

ディグロスは迎え撃つ姿勢だ——シュリネが目の前に来たところで、まるで虫でも叩き
潰すように両腕を合わせた。

その衝撃だけで、周囲に地鳴りが起こる。

だが、シュリネには当たっていない。

「——」

ズンッ、とディグロスの背中に衝撃が走る。

何かが刺さった感覚——にやりと笑みを浮かべ、ディグロスは背中に手を伸ばした。

すかさずシュリネは跳び上がり、ディグロスの後方に立つ。

「ほう、武器を捨てるのに迷いがないな。強者でも、なかなかすぐに動けるものではない
が」

シュリネの刀が手元にない——ディグロスの身体に深く剣を突き刺せば、抜けなくなる。

一方で、斬撃だけではおおよそ彼の命を奪うには程遠い。

ようやくダメージと言えるダメージをシュリネが与えたと言えるが、そもそもディグロスは痛みをほとんど感じていないようだ。

「……やっぱり、その大きい身体だとさ、何が刺さっても痛くないものなの？」

「細い刃では痛みというには程遠いな。俺の心臓を狙ったのだとしたら、あまりに粗末な選択だが。さて、もう一本の刀――それが本命だろう？　俺と戦うのに、いつまでも渋るな」

「わたしも確認したいことはできたからさ。そういう身体だと色んな感覚が鈍くなるんだろうね」

「なんだ、負けた時の言い訳か？　確かに俺の身体は人間の域を超えている。だが、俺はこの力を命がけで手に入れたのだ。どうだ、お前は魔力量も小さく本来であれば俺の認めるべき存在ではないが……強さだけは十分。潔く負けを認めるのならば――」

その時、カシャンッと小さな金属音が広場に響いた。

ちらりと、ディグロスが視線を向けて――目を見開く。

そこにあったのは、先ほどまでシュリネが握っていた刀だ。

「……なんだと？」

驚くのも無理はない。

　そこにシュリネの刀があるのなら、今ディグロスの身体に突き刺さっているものはなんだ。

　もう一本の刀を突き刺したのか――だが、まだシュリネの腰には刀が一本、残っている。

「細い刃、だっけ。確かに、あなたから見ればわたしの身体は小さいから――何が刺さったのか、判断できてないんだね」

　ぽたりと、シュリネの左腕から血が流れ出しているのが見えた。

「お前――」

　ディグロスも気付いたようだ。

　魔力を残したのも、治る見込みがないと言われた左腕をあえて使わずに温存したのも、全てはこの一撃のため。

「左腕の借りは、これでチャラにしてあげるよ」

　シュリネが裾をまくると、そこには――左腕はなく、厳重に縛り付けて止血処置を施してあった。

　シュリネは、自ら左腕を切断したのだ。

　魔刀術――《刃身》。自らの肉体を刃のように魔力で補強する手刀による一撃。

　もっとも、刀を扱うシュリネにとっては一時しのぎの技に過ぎない。

重要なのは、突き刺した左腕の方だ。

流れる血液が糸のように伸びて、ディグロスの背中へと繋がっていく。

何かくる――シュリネの技の危険性を予期してか、ディグロスは背中に腕を伸ばして左腕を抜こうとするが、

「遅い。呪法――《犠身爆体》」

瞬間、ディグロスの身体の内部で大きな爆発が起こった。

＊＊＊

「――もしも勝てない相手に出会った時、君はどうする？」

シュリネは師匠――コクハ・ハザクラの問いかけに、眉を顰めた。

ハザクラの姓は師匠であるコクハに拾われた際にもらったもの。

シュリネにとっては唯一の家族のような存在であり、全てを教えてくれた人だ。

長い白髪に、白と黒を基調とした東の国特有の服装に身を包んだコクハは、真っすぐシュリネを見据える。

一方、シュリネはよく分からない、といった表情で答える。

「？　わたしに勝てない相手なんていないよ。しいて言うなら師匠くらい——いったっ！」

鞘に納まった刀で、頭部を叩かれる。

シュリネは頭を擦りながら、コクハを睨んだ。

コクハは呆れたように小さく溜め息を吐き、

「もしも、と言っているだろう。話の腰を折るように教えた覚えはないよ」

今度は諭すように言った。

「そんな可能性の話されたってさぁ……師匠だってよく言ってるじゃん。戦う前から負けることを考えるなって」

「それはその通り。常に己が勝つ姿だけを想像しろ、敗北は死に直結する——そして、それは己の実力不足に過ぎない。負ければそれまでだった、そう諦めろ」

コクハの教えは明白だ。

勝てば生き、負ければ死ぬ——シュリネはそうならないように過酷な修行を遂げてきた。

常に死と隣り合わせのような環境で何カ月も過ごしたことだってある。

それを乗り越えたからこそ、今のシュリネがあるのだ。

圧倒的な自信の裏付けの理由にもなっている。

「なら、もしもの話をする必要なんて――」

「だが、護衛というのは自身の命を守っているわけではない。護衛は死んではならないんだよ」

シュリネは護衛の任を就くために育てられた――それもまた、コクハに幼い頃より教えられてきたこと。

護衛をする者は命を懸けて守らなくてはならないが、命を落としては守れないのだ。

敗北は死――それは、自身に限定されることではない。

コクハの言葉を受けて、シュリネは口元をへの字にした。

「まあ、言いたいことは分かるけど……」

「そこで、私から一つだけ――君に技を授けよう」

コクハが本題を切り出すと、途端にシュリネは目を輝かせ、

「！　技!?　新技!?　奥義!?」

食い気味に問いかけた。だが、

「残念だが、剣術についてはもう教えることはない」

「……なんだ」

シュリネは落胆した様子を見せる。

すでにコクハから学んだ剣術を十全に使いこなし、刀による近接戦闘であれば――決して劣ることはないレベルにまで達している。

ただし、コクハはシュリネとは違い、魔力量はむしろ常人よりも多い方という大きな差はあるが。

「がっかりするな――と言っても、今から教える技は、使わないことに越したことはない。これは魔法というより、呪法と呼ぶべきものだからな」

「呪法……？　よく分からないけど、師匠も知ってるでしょ、わたしの魔力は――」

「問題ない。君でも使えるほどに魔力消費量は少なく、けれども君にとって――いや、人として支払う代償はあまりに大きいと言うべきかな」

「ふぅん、魔力が少なくても使えるなら、わたしも使えるしいいかもね」

随分と、シュリネは楽観的に考えていた。

だが、実際に教えられたものは、おおよそ人が使うにはあまりに大きすぎる犠牲が必要になる。

「《犠身爆体》――自らの肉体の一部を犠牲にすることで発動する呪法。それは君にとっての支払う代償の大きさに応じて、威力を増す。十年以上――費やしてきた年月にして、君が身体の一部を失うのはあまりに大きい。特に、刀を扱う腕や速さを失う足であれば、より大きな効果を得るだろう。無論、これは君がまともに戦って勝てないと判断した相手にだけ使うものだ」

シュリネにとって、それは生涯使うことのないものだと思っていた。

いくら勝つためとはいえ、身体の一部を捨てるような戦いは、そもそもシュリネが好むものではない。

今――自身を犠牲にしてでも、勝たなければならない相手と対面した時、シュリネは迷うことなく使う道を選んだ。

＊＊＊

大きな爆風に包まれ、ディグロスの姿を視認するのに時間がかかった。

シュリネは目を瞑ると、溜め息を吐く。

「――ったく、こっちは結構大きな代償払ってるのにさ」

「グ、ウ、オオオオオオオオオ……」

ディグロスの右の腹部から胸の辺りにかけてまで、完全に吹き飛んだ状態だ。

大きな傷口にはバチバチと黒色の閃光が走り、激しい出血を伴って片膝を突いている。

常人であればまず助からない――そんな傷を負ってもなお、倒れてはいないのだ。

口から血を吐き出しながら両腕で身体を支え、ディグロスは真っすぐシュリネを見据えた。

シュリネの左腕は肘の辺りから先まで――完全に失った。

呪法の発動の条件により、もはや原型は留めることなく、回復する術もない。

対するディグロスは、あれほどの傷を負ったとしても死んでおらず、時間が経てばおそらく再生する。

つまり、決着をつけるのなら今しかない。

「ウグッ、グゥウウウウ……オノ、レ……ヤッテ、クレタナァ……」

ディグロスが口を動かすたびに血反吐によって地面は真紅に染まっていく。

見れば、大きく穴の開いた傷はまだ再生を始めていない――さすがに大きな代償を支払う呪法というところか。

わずかな魔力で凄まじい威力を発揮し、呪いのようにそこに残り続けている。

もう魔力は必要ない――シュリネは腰に下げた真紅の刃を持つ刀を抜き放つ。

もはや常人であれば立つことはできないだろう怪我でも、ディグロスは真っすぐ立ってみせた。

「フッ、フッ、フゥウウ――シュリネェ……ハザクラァ……コムスメ、ガ……コロシテヤル、ゾ……！」

「随分とお怒りみたいだ――っと！」

勢いのままに、ディグロスが右腕を振るう。

シュリネは後方へと跳びそれを回避するが、ディグロスはそのまま力任せに腕を振りながら距離を詰めてきた。

これほどの怪我を負いながら、なおも力強い動きは何も変わっていない。

硬い地面でも殴れば粉砕されて、飛び散った石がシュリネの身体を傷つける。

なるべく傷つかないように、などと無駄な動きをすることはない。

致命傷になる一撃は避け、確実に仕留める隙を窺う。

だが、時間がないのはシュリネも同じだ。

弱った身体に、止血をしているとはいえ――自ら切断した左腕は、激しく動けば当然出血を伴う。

時折、足元が覚束なくなるが、ディグロスの勢いは止まるどころか激しさを増していく。

（……キレてると思ったけど、考えなしに攻撃を仕掛けてるわけじゃないか……！）

一撃でもまともにぶつかれば、助かったとしても行動は不能になるだろう。

見る限り、ディグロスの使っていた『見えない打撃』は受けた傷の影響もあってか、発動できていない。

回避を大きくしなくていい分、体力の消費は抑えられるが、遅かれ早かれ決着は数分以内にはつく。

シュリネの狙いは首一つ――ひたすらに回避に徹し続ける。

「オオ……オオオオオオオオオオオオオオオオオッ！」

雄叫《おたけ》びを上げながら、ディグロスは両の拳を乱暴に振り上げた。

もはや当てるつもりもあるのか分からないほどだが、近づくことは容易ではない。

「はっ、はぁ……」

呼吸は整わず、肩で息をする状態で、だんだんと視界も定まらなくなってきた。

元よりこの場に立つこと自体、シュリネはかなり無理をしているのだ。

たった一撃――シュリネが狙いを届かせるには、あまりに遠い。

それは向こうも同じで、お互いに致命傷を負わせるために全力を尽くしている。

ディグロスが跳躍し、勢いよく地面を叩き割った――シュリネはその揺れで足を取られ、バランスを崩す。

ディグロスがそれを見逃すはずがなく、駆け出して距離を詰めた。

大きく腕を振り上げるが、それはシュリネにとっても勝機――高く跳躍し、ディグロスの一撃を避ける。

狙うは首元。切断するためには深く斬り込まなければならない。

「――ようやく、隙を見せたなぁ……！」

「！」

その言葉に、シュリネは目を見開いた。

ディグロスはやはり、怒りに身を任せて正気を失っていたわけではない――拳を振り下ろさずに、上体を起こしてシュリネに向かって拳を放った。

――避けられない。

瞬時に理解し、シュリネは空中での防御に徹した。

気休め程度にしかならないが刃を立て、刀で防ぐ――瞬間、筆舌しがたい強力な一撃がシュリネを襲った。

「が、ぐぅ……！」

シュリネの華奢《きゃしゃ》な身体が宙を舞い、やがて地面へと叩きつけられる。

勢いは止まらず、ゴロゴロと身体は回転して――やがて、石壁へと叩きつけられた。

生きている――意識は途切れておらず、シュリネはすぐに前を向いた。

ディグロスは真っすぐ向かってきている。

シュリネは立ち上がろうとして、自身の右足がへし折られていることに気付いた。

「──」

立てない、動けない。

かろうじて刀は握れているが、もうここから逃げることはできない。

叩きつけられた勢いで呼吸もままならず、すでに魔力は尽きた。

吐血と身体中の痛みからして、足以外にも何本か骨が折れ、内臓にダメージを負っている。

さらには、止血も先ほどの一撃で意味をなくしたか、左腕からの出血が止まらない。

だが、こんな状況でもシュリネの頭の中はひどく冷静であった。

(……しくじったなぁ。まさか、ここまでやっても、勝てない──)

「シュリネッ！」

声が届いた。

視界に入るのは、エリスの治療をしているルーテシアだ。

それを見て、シュリネは思わず笑みを浮かべる。

彼女はこの状況でも逃げ出していない──シュリネが負ければ、次に狙われるのはフレアだが、ルーテシアはきっと逃げ出さず、戦う道を選ぶだろう。

一緒に守ると約束したのだから。

「だが、護衛というのは自身の命を守っているわけではない。護衛は死んではならないんだよ」

師匠であるコクハの言葉が頭を過ぎり、シュリネの瞳に闘志が戻る。

（勝てないなんて、死ぬまで考えることじゃない。わたしは、ルーテシアの護衛なんだから）

魔力がなくても、動けなくても、シュリネにはまだ――培ってきた技術がある。

この一撃に、全てを懸けるのだ。

「これでぇ……終わりだッ！　――《國潰し》ッ！」

魔力が渦巻き、ディグロスの拳に籠った。

シュリネを確実に仕留めるつもりだ。

左足でわずかに身体を起こして、シュリネは刀を強く握る。

「一刀――《神刺《かんざ》し》」

シュリネが放ったのは人差し指と中指、そして腕の撓《しな》りだけで刀を弾く――すなわち、
刀を飛ばすだけの技である。

自ら刀を手放すこと自体、この状況においては無謀と思われるが、最小の動きで繰り出されるその突きは、シュリネが持つ技の中で最も速く、離れた敵を討つことも可能。

神さえも刺し殺す――最速の突きだ。

さらに、二本の指がへし折れるほどの負担をかけて限界以上の速度と威力を実現する――シュリネはすでに左腕を失っており、動けない身体で扱える唯一の技だ。

ディグロスの放った拳は逸れて、シュリネの顔を少し掠めるように地面を抉っている。

その一撃によって、シュリネの左目から大きく出血があった。

(……左目までくれてやるつもりはなかったけど)

潰されたのが、感覚で分かる。

シュリネは残った右目で、ディグロスを見上げた。

頭部の真ん中を刀で貫かれ――ピタリと動かなくなった彼の姿を。

本当の意味で、限界だった。

もしもこれで、ディグロスがまだ動けるのであれば、シュリネの敗北が決まる。

左腕と左目を失い、右足はへし折られて内臓にも深いダメージを負った――もはや限界だ。

いつ意識を失ったっておかしくはないが、シュリネはそれでも真っすぐディグロスを見据える。

やがて、ゆっくりと彼の拳が動いた。

「……まだ、動けるんだ」

シュリネは心底、呆れたように溜め息を吐く。

常識外れの生命力――あと一撃でも受ければ、シュリネは間違いなく死ぬ。

「俺の頭部を狙った一撃……ギリギリまで引き付けたようだが、外したらどうするつもりだった？」

「外さないよ。倒せるかどうかは、賭けだったけどさ」

「そうか、ならば――賭けに勝ったのはお前だ、シュリネ・ハザクラ」

脱力し、ディグロスはその場に両膝を突く。

その言葉に嘘はなく、彼もすでに限界を迎えているようだった。

シュリネは賭けに勝ったのだ。

「羨ましいな……守るべき者のために戦えるというのは」

その瞳は虚《うつ》ろで、すでにうわ言のように小さな声。

「こんな化け物に成り果てて、何をしていたんだろうな……ただ、俺は――」

「何だか知らないけど、あなたは王女を殺そうとして、わたしはそれを守り切った。それだけのことでしょ。見た目が化け物でも、あなたは人と変わらないってことだね」

「は、ははは……この俺と戦って、それでも人と同じと見るか……。いや、勝者は、常に正しい。俺は……俺がやるべきことをやって、死ぬ――」

ゆっくりと、ディグロスは仰向けに倒れ伏した。

＊＊＊

少年は小さな村で生まれ、両親と妹の四人で共に暮らしていた。

身体は大きくはなかったが、特に喧嘩には滅法強く、拳での戦いなら負けなしだった。

「どうして、お兄ちゃんは喧嘩ばかりするの？」

「好きだからに決まってる。俺が強いって証明がしたいだけさ」

妹に問われても、少年は本心では答えなかった。

病弱で外にあまり出られない妹のために、少年は強くならなければならないと考えた。

強くなって、いつかは国を守る騎士になる――そうすればきっと、生活だって安定する。

そんな少年の夢は、呆気なく崩れ去った。

ほんの数時間、村の人間と一緒に狩りに出ていた時のこと。

村が魔物に襲われて、多くの者は逃げ出したようだが――少年の家族は、誰一人として助からなかったのだ。

「なんで」

問いかけても、誰も答えてはくれない。

特に珍しくもない不運――不幸な出来事で、村の人々は少年に同情し、優しく支えようとした。

けれど、優しさが人を救うとは限らない。

少年は昼夜問わず、魔物狩りをするようになった。

強くなろうとした理由を失ったから――強くある理由を欲したのだ。

ある日、少年は魔物に殺されかけた。

それが少年の限界で、もはや自身に生きる理由などないと悟った瞬間でもあった。だが、

「ねえ、あなた、戦う理由が欲しいのなら、私を守ってくださらない？」

月夜に照らされた美しく長い銀色の髪をなびかせた女性は、もはや風前の灯とも言える少年の前に立ち、そう口にした。

少年を殺そうとしていた魔物の姿はすでにない。

まるで夢でも見ているかのようだったが、紛れもない現実であった。

少年は、銀髪の女性の願いを聞き入れることにした。

何故だろう、似ているかどうかももはや分からないのに——妹の面影をその女性に見たからだ。

生き延びた少年はやがて成長し、青年となった。

身長も伸びて銀髪の女性よりも高くなり、彼女のために戦った。

銀髪の女性は狙われている——彼女は、この世に存在してはならないのだと、多くの者が言う。

ある日、銀髪の女性がその意味を教えてくれた。

「私はね、『吸血鬼』なの。正真正銘、本物の吸血鬼」

嘘ではない——彼女は本当のことを言っている。

けれど、彼女が何者であろうと、青年にとっては関係のないことであった。

生きる理由をもらったのだから、それだけで十分だ。

青年は彼女のために戦い続けた——だが、人間の身体には限界がある。

故に、青年は自らある選択をした。

それは——自らも吸血鬼となること。

青年には適性が皆無であり、間違いなく血を与えられても死ぬ。

そう助言されたが、青年に一切の迷いはなく、見事に奇跡を起こして見せた。

人の姿を捨て、獣のような姿を得た青年は、もはや人であった頃の記憶すら忘れ、吸血鬼の従順な下僕へと成り果てたのだ。

絶対的な力を以て、人間などまるで害虫を駆除するかのように簡単に葬り去る。

その生き方にもはや迷いはなく、堕ちた獣となった青年は、やがて強い相手と戦うことに楽しさを覚えるようになった。

ある日のこと、

「シュリネ・ハザクラ――もしも出会ったのなら、きっと君も楽しめると思うよ。彼女は私の次に強いからね」

青年が獣となって初めて敗れた相手から、そんな言葉を聞いた。

まだ十五に満たない少女らしいが、いずれ出会うことがあったのなら――吸血鬼の願いを叶える傍らに、青年はその力を存分に振るうと決める。

（……何だ、これは）

――もはや、覚えているはずもないほど昔のことが、鮮明に思い出されていく。

（ああ、そうか）

そこで、気が付いた。

これは自分自身の過去であり、遥か過去に記憶すら呼び起こすのは――走馬灯。

＊＊＊

倒れ伏したディグロスに視線を下ろして、シュリネは小さく息を吐いた。

今度こそ、勝ったのはシュリネだ――あちこちで歓声が上がる。

「お、おお、やったぞ！　あの化け物を倒したんだ！」

「今度こそ勝ったんだ！」

「とんでもない少女だ……！」

喜ぶ声や、シュリネの強さに驚く声もあったが――それも束の間。怪我人は多く、すぐに慌ただしく事後対応が始まる。

「結局、わたしを知ってる理由も聞き忘れたね」

シュリネはもう一人で動ける状態ではなかったが、誰よりも早く駆けつけてきたのは、

「シュリネっ！」

どうやらエリスの治療を終えたらしいルーテシアだ。

彼女は一度、シュリネの名を呼ぶとそのまま抱き着いてくる。

「いたたっ、ちょっと……わたしは怪我人――」

「大バカっ！」

すぐに涙声のままに、ルーテシアの怒る声が耳に届いた。

もちろん、ある程度は覚悟していたことであるが。

「貴女は……！　左腕を自分で切断する、なんて……！」

「勝つためには必要だったことだよ。やらなかったらたぶん負けてた」

「そうだとしても……左目だって……」

「これは正直、予想外だったね。ま、それだけの相手だったってこと。これくらい、どうにでもなるよ」

「何で、貴女はそんな楽観的な物言いばかりするのよ……！」

「だって、ほら」

シュリネが指示した方向に、ルーテシアは視線を送る。

「あ……」

ルーテシアは思わず、声を漏らす。

すでに動くことすらままならないはずなのに、ハインは駆け寄ったクーリを強く抱き締めていた。

「お姉ちゃん……！　お姉ちゃん……！　あたし、ずっと、待ってたんだよ……！　ずっと、一人で待ってた！」

クーリは涙を流しながら、声を上げる。

ずっと、この時を待ち望んでいて、ようやく訪れた瞬間なのだ。

「ええ、分かっています。私も――あなたをこうして抱き締めてあげたかった……！　ごめんね、ずっとつらい思いをさせて……！」

ハインもまた、ずっと願っていたことなのだ。

あまりに強大な敵を前にして、一度は死を選ぼうとするほどに、心が折れてしまった――それでも、最後には自らの望みを叶えるために、全力を尽くしたのだ。

「ううん、いい……これからは、傍にいてくれる、よね？」

「もう離れませんよ。お姉ちゃんは、ずっと傍にいますから」

――姉妹は互いに、失った時間を取り戻すかのように、絆《きずな》を確かめ合っていた。

ハインはクーリのために、クーリはハインのために行動していて、ようやく実を結んだ瞬間なのだ。

ハインが受けた傷は決して軽いものではないはずだが、妹の前ではつらさを見せようとしない――あるいは、そんな傷すらも、気にならないほどに今という瞬間が愛おしいのかもしれない。

　そんな二人の姿を見て、ルーテシアの泣き顔も、微笑みに変わる。

「ハインを取り戻して、王女も守りきれた。これ以上ないくらいに、わたしも仕事を真っ当したんだからさ、少しくらいは褒めてくれてもいいんじゃない？」

「……当たり前じゃない。貴女には、感謝しきれないくらい感謝しているに決まっているわ。だからこそ、自分の身を犠牲にしてまで戦った貴女に、合わせる顔が――」

　視線を逸らすルーテシアに対し、シュリネはその頬に手を触れると、お互いに向き合う形になった。

「左腕も、左目も確かになくなった――でも、わたしは生きてる。あなたには、喜んでほしいんだよ」

「……シュリネ」

　ルーテシアの表情は、やはりどうしていいか分からないといった様子だ。

　嬉しい気持ちは当然あるのだろう――だが、それ以上にシュリネが失ったものの大きさが、彼女には衝撃が大きすぎるらしい。

　ルーテシアのその優しさを、シュリネも理解できている。

「ま、あなたに気にするなって言っても無理だろうから……とりあえず怪我の治療はしてもらおうかな。もう魔力もないし、出血も止まらないし。それでチャラにしてあげる」

「！　す、すぐに治療するわ……！　当然、それで全部なかったことになるわけじゃない、けれど……」

「あははっ、ルーテシアは真面目だね」

「笑いごとじゃないわよ！　貴女、本当に大怪我で……ごめんなさい、私がそもそも、泣いている場合じゃないのに……！　とりあえず、ここ横になって――」

「あれ、してよ。前に死にかけた時の」

「あれ……？」

何を言っているか分からない、といった様子でルーテシアが怪訝そうな表情を浮かべる。

そんな彼女に対し、シュリネは自身の親指を唇に当てた。

しばしの沈黙の後――ルーテシアはその言葉の意味を理解して、顔を赤く染める。

「あ、あれは緊急事態で！　あなたの意識もなかったし……！　いえ、そもそも知っているなら意識はあったってこと!?　と、とにかく、魔力のない人に対する緊急の処置――あ」

自身で言って、ルーテシアは今がまさにその『魔力のない人に対する緊急の処置』だということに気付いたようだ。

怒ったり泣いたり慌てたり――実に感情豊かで、そんな様子のルーテシアを見て、シュリネは思わず笑いをこらえきれなくなる。

「ふっ――あはははっ」

「……笑いごとじゃないって言ったわよね……？」

「ごめんって。まあ、いいよ。ここは人も多いし、さすがにルーテシアだって恥ずかしいでしょ」

「恥ずかしい……？」

「わたしは別に気にしないけど――」

言葉を言い終えることができなかったのは、ルーテシアの方からシュリネに対し口づけをかわしたからだ。

「――」

突然のことに驚いて、シュリネは反応できなかった。

ルーテシアは両目を瞑り、呼吸を体内に送り込む要領でシュリネへと魔力を注ぐ。

身体の中に入ってくる温かな感覚――以前はほとんど意識のない状態であったが、今はしっかりと分かる。

ルーテシアの会得した治癒の魔法は、驚くべきものだ。

痛みは和らいで、完全に尽きたはずの魔力が戻ってきている。

さすがに大きな傷まで完全に治すわけではないが、小さな怪我はすでに癒えつつあった。

魔力が戻れば、シュリネ自身でも止血することはできる。

シュリネがルーテシアの肩に触れると、ゆっくりと唇を離した。

少し俯いたままに視線も逸らして、

「……貴女の怪我を治すのに、恥ずかしいなんて思わない」

ルーテシアはそう言い放った。

だが、頬は少し赤く染まっていて、口元を手で隠すような仕草を見せられては、こっちまで恥ずかしくなってしまう。

正直、この場で本当にキスをするとは思わなかったが――ルーテシアなりの覚悟なのだろう。

シュリネはそっとルーテシアの髪を撫でるように触れ、

「ありがとうね、無理させたみたいで」

「だ、だから別に無理なんてしてないわよっ」

「分かったたって。おかげで随分と楽になったけど――」

シュリネは脱力するように、ルーテシアに身を寄せる。

「！　ちょ、ちょっと……！　大丈夫……!?」

「うん、平気だよ。意識はあるし……でも、少し気が抜けたかな」

戦いに次ぐ戦い――シュリネは病院での戦いの影響もあって、かなり衰弱している。

そんな状況でディグロスという強大な敵に挑んで、勝利を掴んだのだ。

ルーテシアの傍を随分と離れることになったが、ようやく彼女と会って安心したところもあるのかもしれない。

――本来なら、シュリネはルーテシアを守らなければならない立場にあるが、今くらいは、彼女を頼っても許されるだろう。

ルーテシアはシュリネの身体を支えつつ、できる限り楽な姿勢を取らせようと横にならせた。

周囲はまだ騒がしく、怪我人や残党がいないかどうかの確認など――対応に追われている。

ちらりとシュリネが視線を動かすと、シュリネと同じように大怪我を追ったエリスが、フレアと手を握り合っているのが見えた。

ルーテシアが処置を終えたとは言っていたが、本格的な治療はこれからだろう。

「エリス……！　大丈夫よ、貴女は必ず助かるから……！」

「ご心配には、及びません……。私の、役目はまだ、終わっていません、から」

「……っ、その、通りです……！　これからも、わたくしを支えてくださらないと……だから……っ」

――戦いは終わっても、全てが解決したわけではない。

シュリネも含めて大怪我を負った者はたくさんいるし、ハインのことだってある。

事情があったとしても、彼女の糾弾は避けられないだろう。

「ハインのところには、行かなくていいの？」

「話す時間はこれから、いくらでもあるわ。今は……姉妹の再会の邪魔をしない方がいいでしょう？　それに、私は貴女のことが一番心配だから」

「ルーテシアは本当に心配性だなぁ……。わたしは、平気だよ」

「……左腕も、左目も――もう戻らないんでしょう……？」

「それは……まあ、そうだね。でも、あなたが責任を感じることじゃない」

「無理よ。いくら何でも、責任を感じるな、なんて……貴女は簡単に言うけれど、その言葉には甘えられない。貴女のこと、私が支えるようにするから」

「支えるって……？」

「ご飯を食べさせたり、お風呂も一緒に入ったりした方がいいわよね？」

ルーテシアなりの責任の取り方というものだろうか——だが、シュリネは少し困った表情を浮かべていた。

「利き腕が残ってるんだから、ご飯くらい食べられるよ」

「なら、お風呂は？」

「まあ、そっちは……怪我があるうちは頼むことになるかも」

「決まりね。これから色々と忙しくなるかもしれないけれど……私はできる限り、貴女の傍にいるから」

ルーテシアはその言葉の通り——動けないシュリネの傍を離れることはなかった。

彼女も先の戦いや治療にも随分と魔力を消費したはずなのだが、シュリネの傍にいながら、静かに治癒の魔法をかけ続けている。

「そうだ、ルーテシアはわたしの残したメッセージに気付いてくれたんだね」

「襲撃がある日のこと？　貴女が戻ってこないから部屋に行ったら——って、髪飾り、貴女に返さないと。大事なものなんでしょう？」

「しばらくはルーテシアが預かっててよ。どうせ入院する時は、着ける機会もそんなにないだろうしね」

「ちゃんと入院するつもりもあって安心したわ」

「……ルーテシアはわたしのこと何だと思ってる？」

「『鍛え方が違う』とか言って、すぐに歩き回って病室を抜け出さないか心配だわ」

「安心したり、心配したりルーテシアは忙しいね」

「誰のせいだと思っているのよ……」

シュリネの下へ救護隊がやってくるまで、そんな他愛のない会話をして――二人の中に、いつもの時間が戻りつつあった。

――王宮での決戦は国民に知られることはなく、事前に記録していたフレアによる宣布も終わって、リンヴルム王国の次代の王は決定した。

＊＊＊

フレアの宣布は無事に終わり、表向きには何事も起きてない状況のままで――けれど、やっぱりそのままで行くなんてことはあり得なかった。

まず、フレアを狙ったとして五大貴族に数えられるクルヴァァロン家とアールワイン家の当主、ネルヘッタ・クルヴァァロンとボリヴィエ・アールワインはすぐに捕縛されることになった。

ネルヘッタは抵抗することなく、静かに己のしたことを認めたという。

一方、ボリヴィエは雇った私兵を使って王国軍に対抗したそうだが、敗走——最終的には捕まったという。

クルヴァロンとアールワインはいずれも王国内では知らぬ者などいない大貴族で、彼ら側に立っていた者も少なくはない。

そうした協力者も含めてこれから洗い出されることになるだろうが、少なくともこの二名に対しては死罪となり、クルヴァロン家とアールワイン家はどちらも貴族の立場を追われる可能性は高い。

これによって、アーヴァント・リンヴルムに与していた者の多くを排除することも可能となるが——関わっている人物の多さやその地位から考えても、簡単に全てが終わるわけではないようだ。

また、リンヴルム王国の現国王であるオリヴィオ・リンヴルムも病に伏せていたが、つい先日目を覚ましたとのことだが、娘であるフレアと少し会話をして、静かに眠りに就き——そのまま息を引き取ったという。

目を覚ました時の彼は、

「フレアよ……アーヴァントはどうしている？」

「……兄上は、王都にはおりません」

アーヴァントがしでかしたこと――すなわち、ルーテシアの暗殺計画については何も知らないのだ。

そして、フレアもその事実を知らせるつもりはなかった。

「そうか……。あやつは、どこまでも未熟な男だ……。わしももう長くは、ない。だから……次代の王は、お前に託すつもりでいる」

「！　お父様……」

「フレアよ、このようなことを突然告げられて、困惑するかもしれんが……お主ならやれるとわしは信じている」

「はい、お任せください。わたくしは……王位を継ぐ決意はできております」

「ああ、よかった……お前から、その言葉が聞けて……」

――元より、オリヴィオはアーヴァントが王位には相応しくない、と考えていたのだろう。

彼が病に倒れることがなければ、あるいはアーヴァントの事件も起こらなかったのかもしれない。

だが、フレアは死にゆく父に対して、全ての事実を伝えることはしなかった。

ここまで、リンヴルム王国のために生きてきたオリヴィオには、せめて安堵の気持ちを抱いたまま、安らかに眠ってほしい。

それが、フレアの願いだったからだ。

こうして、フレアの王位継承は確定的となった。

彼女の次代の王としての最初の仕事は、自身を狙った者達の糾弾――尋問を受けるのは、ハインである。

彼女は暗殺者の一人として、フレアを狙ったのだ。

どんな理由があろうと、王族の首に刃を突き立てるまでに至った彼女が、簡単に許されるはずもない。

ハインは――全てを正直に話した。

妹であるクーリのこと、フレアを狙った組織のこと。

ハインは『妹の病気を治すため』に組織――『魔究同盟』に協力していたという。

そして、妹であるクーリもまた、『姉を人質』としてある研究に力を貸すように言われていた――互いにその事実を知らないままに、脅される形となって、だ。

ハインはこの王国内にいる全ての組織の一員を把握しており、すぐに騎士団は彼らを捕らえるために動いた。

――だが、その情報を得た頃には、対象となる人間は全て姿を消していたのだ。

鍛冶屋の店主や、酒場の店員――日常の中に潜んでいた悪意は、フレアの暗殺失敗と共に忽然《こつぜん》と。

中でも『七曜商会』の長であるキリク・ライファは商会長という立場で、大きな屋敷すら王都に所持しているほどであったが、そんな人物ですら証拠一つ残さずに行方をくらました。

そういうことができる人間なのだと、ハインは語っている。

――だから、組織から簡単に抜け出そうとはできなかったのだと。

一度、クーリと抜け出そうとした時、クーリは視力を奪われると同時に足の腱を切られ、満足に動ける身体ではなくされてしまった。

自分ではなく、妹がひどい目に遭わされた事実がトラウマとなって、ハインは二度と組織から逃げ出そうとは考えなくなってしまったのだ。

「……だから、私の辿り着く先は、分かりきっているんですが」

一人、牢獄の中でハインは呟いた。

全ての事情を話して、同情を買うつもりもない。

これらが事実であったとしても、ハインがしたことは何も変わらない。

ルーテシアのメイドとしてやってきたのも、『魔究同盟』に命令されたことだ。

いざという時、この国の貴族を利用するために——だから、ハインは罰せられなければならない。

クーリは救われて、ルーテシアも無事だ。

面会は許されているし、ルーテシアに至っては何とかハインを牢獄から出すように頑張る、とまで言われているが——そこまで望むことはできない。

実際、フレアもハインの処罰を望んでいるわけではないようだが——王族が狙われた、という事実を簡単に許すべきではない、という貴族達からの声もある。

王国の権威の失墜に繋がる、というわけだ。

これに関しては、ハインも全く同意見であり、ルーテシアが変に弁明を続ければ、メイドとして雇っていた立場である以上、彼女の立場も危うくなりかねない。

——ルーテシアとクーリの二人が無事であったのなら、もはやハインにこれ以上のことはない。

「彼女には、感謝の言葉もありませんね……」

あの戦い以来、一度も姿を見せていない少女——シュリネ。

大怪我で入院しているとも聞いたが、彼女とは一度も顔を合わせられていない。

ハインにとっては、間違いなく恩人であり、これからどうなろうと、シュリネにだけはお礼の言葉を言いたい。

それが、今のハインの望みであった。

「ハイン・クレルダ」

牢獄の前にやってきた看守が、名を呼ぶ。

よく見れば看守長の姿もあり――さらには騎士も数名いた。

これほどの人数が牢獄にやってくる時は、罪状を決めるための裁判へ連行される時と、処刑の時だ。

受け入れていても、現実を目の当たりにすれば、冷静なハインであっても息を呑む。だが、

「今日、現時刻を以て――お前を釈放することになった」

「……は？」

その宣告を聞いて、ハインはただ驚きの声を上げることしかできなかった。

＊＊＊

以前の怪我と比較するのもおかしな話だが、今回のシュリネの怪我は相当なものであった。

自身で切断した腕は治らず、やはり左目の完治も難しい——折れた足や傷ついた内臓については、何とか治療の目途は立ったが、それでもしばらくは絶対安静と念を押されるほどだ。

主治医となったのはルーテシアの治療を担当した医師である。オルキスのいた『ルセレイド大病院』については、彼女の件もあって現在は封鎖されている。

あの病院の地下には、オルキスが作ったと思われる小さな『研究所』が存在した。

治療の傍ら、彼女が行っていた研究——これに関しては公表されていないが、少なくとも彼女が在籍し、人を使った研究を行っていたという事実がある以上、最終的には病院も閉鎖される可能性が高い。

ルーテシアの担当医は優秀だったこともあり、すでに別の病院で臨時の医師として働き始めていた。

大病院が封鎖されている以上、多くの患者が流れてくることもあって、王都でも混乱は続いている。

夜——シュリネは入院しているが、自分の部屋にはいなかった。

鍵がかけられているはずの屋上で、シュリネは一人、外の景色を眺めていた。

「——捜しましたよ、こんなところで何をしているんですか」

シュリネが声の主の方に視線を送る。

そこにいたのは、ハインだ。

「久しぶりだね、元気そうで何よりだ」

「あなたは……まだ治りきっていないようですね」

「まあね。出歩こうとすると、ルーテシアに怒られる。だから、夜中にこうして、ちょっとだけ外を見てるんだ。病院の外に出ないだけいいでしょ？」

「——私のことを嘆願する際には、病室から抜け出したそうですね」

ハインの言葉に、シュリネは肩を竦める。

——つい先日のこと、確かにシュリネはまだ出歩く許可も下りていない状態で、王宮へと赴いた。

時折、ルーテシアから話は聞いていた。

フレアが狙われたという事実——関わっていた貴族が罰せられる中、どうしてハインが許されるのか。

理由を説明したとしても、その理由が本当であるかも怪しい、と理由をつけては厳罰に処すべき、という声が大きかったそうだ。

狙われた本人であるフレアが許していたとしても、王国がそれを許さない――そんな状況だ。

ルーテシアは疲れた素振りを見せないが、明らかに心労が溜まっているのが見えた。

そんな彼女の護衛であるシュリネが――今の状況を許すはずがない。

「ちょっとお願いしただけだよ、意外とみんな物分かりがいいよね」

「……ちょっとのお願いが、あなたの命を懸けたものであるとは思えませんが」

「なんだ、内容はもう知ってたんだ」

シュリネは軽く言うが、ハインを救うために取った行動は――おおよそ信じられないものだ。

王宮内で行われる議論の中、ハインの処罰の内容について触れた時のことだ。

「再三に説明している通り、ハイン――彼女には事情があって……」

「事情があれば、暗殺未遂を許すなど、この王国の根幹が揺らぐこと。王族を狙うということは、決して許されていい行為ではないのです」

ルーテシアがどう言おうと、必ず反論が出る。

それが正しいことも分かっている――解決の糸口を絞り出そうとしても、見出せないままに時間だけが過ぎていく。

結局、ハインを救い出すことはできなくなってしまうのだと、ルーテシアは焦る一方であった。

ルーテシアが言葉に迷っていると、勢いよく扉が開かれた。

「な、何者だ!?」

「見れば分かるでしょ、この国を救った『英雄』だよ」

その言葉に、驚いたのはルーテシアだ。

身体中に包帯を巻いて、刀を杖代わりに歩いてきたのか――まだ病衣に自身の着物を羽織った姿のシュリネが、一枚の紙を手にやってきたのだ。

ざわつく者達を無視して、シュリネはルーテシアの隣に立つと、その紙をテーブルの上に叩きつけるようにして、言い放つ。

「わたし、シュリネ・ハザクラの名において――ハイン・クレルダの身柄の解放を要求する」

「！　ば、バカな……そんなこと、お前はこの国の人間ですらない！　それを――」

「お前？　あなたさ、誰に向かって言っているの？」

シュリネが睨むと、先ほどまではルーテシアに対して冷静に受け答えしていたはずの男は押し黙る。

少女とは思えないほどの威圧感――かつて王国最強と知られたクロードを一対一で破り、フレアを狙った暗殺者の中で、そのクロードすら超えるであろう、化け物を討ち取った『英雄』。

王宮内では、すでにそんな風な呼び方をされ始めていた。

無論、シュリネにとってはそんな立場はどうでもいいし、はっきり言えば英雄なんて言葉は必要ない。

だが、利用できるのであれば――それに越したことはない。

「簡単だよ。ハインの身柄はわたしの方で引き取って、監視する。もしも彼女がまた裏切るようなことがあった場合、責任は取るよ」

「せ、責任とは？」

「ハインはわたしが斬る。その上で――わたしの首もあげるよ。何かあったら好きにしていいから」

「――」

その場にいたフレアやルーテシアも含めて、全員が聞いて絶句した。

自らの命を差し出して、ハインを救おうとしている。

――もちろん、通常であればそんな申し出をしたところで、通るはずもない。

重要なのは、シュリネ・ハザクラは『リンヴルム王国を二度に渡り救った英雄である』という事実だ。

「い、いや、しかし……」

「あれ、まだ何か反論があるの？　そんなに、ハインが自由になることが心配？　何か裏でもあるのかな？」

「……！　ぶ、無礼な！　そんなことは断じて……！」

「だったら、別にいいよね？　それとも、何もできなかったあなた達と違って――国を救った英雄であるわたしの命を懸けた願いが、聞き入れられない理由、あるの？」

シュリネの言葉に、反論できる者はいなくなっていた。

王国の権威を守るというのであれば、シュリネの願いもまた――王国を救った英雄の願いであり、権威に繋がる言葉である。

何の見返りも求めずに、ただ一つ――シュリネが願い出たのはハインを釈放するということ。

しかも名目は監視であり、何かあれば責任を取る、とまで言い切っている。

こうなっては、理由をつけて反論する方が何かやましいことでもあるのか、と疑われるのは道理だ。

隣で呆気に取られるルーテシアに対し、シュリネは小さく笑みを浮かべて、

「じゃ、決まったみたいだから、後はよろしくね」

残りの対応をルーテシアに任せて、その場を去って行った。

「さすがに後でルーテシアに怒られたよ。病室を抜け出したこともそうだし、勝手に嘆願書を出したことも、ね」

「……そうでしょうね。ルーテシア様は特に、あなたが犠牲になることを望まないでしょうから」

「？　でも、あなたはもう決して裏切らない――だから、わたしの嘆願書なんて、あなたを自由にするために必要だっただけだよ」

「それは……いえ、そうだったとしても、あなたのしていることは普通ではありません。どうして、私なんかのために？」

「あなたのためじゃないよ。ルーテシアと、クーリのため。だから、柄にもないことしたんだから。あなたの感謝は必要ない」

自ら国の英雄を名乗るなんて――冗談ならまだしも、あんな貴族の集まった場所ですることではない。

シュリネの言葉を受けて、ハインは何か口を開こうとして、押し黙った。

感謝の言葉は必要ない——そう言われて、出鼻をくじかれた形だ。

「……そう言えば、クーリにはもう会ったの？」

「いえ、釈放されてから、あなたのところに最初に来たので」

「この病院にもいるんだからさ、普通はクーリのところからじゃない？」

「……恩人に礼を言いたいと思ったことが、変ですか？」

ちらりとハインの方を見ると、少し困った表情で——笑みを浮かべていた。

シュリネはそれを受けて、小さく溜め息を吐く。

「いいよ。礼の一つくらいなら、もらってあげる」

「……ありがとう、ございます。私は——あなたに救われました」

ハインは深々とシュリネに向かって頭を下げる。

しばらくそうして顔を上げた彼女は、

「……では、私はクーリの下へ向かいます。あなたも、なるべく早く病室に戻ってくださいね？」

「ん、分かったよ」

ハインが屋上から去って行き、一人残ったシュリネは——夜空を見上げて笑みを浮かべ

る。

「ま、こういう感謝なら、受け取っておくべきなのかもね」

一つの学びを得て、シュリネはそのまま屋上から飛んで、自身の病室へと戻る。

たまたまそこに居合わせたルーテシアに目撃され——また怒られることになるとは、さすがに予想していなかったが。

＊＊＊

『ヴァーメリア帝国』内にある、とある研究所。

キリクはそこで、一人の女性と顔を合わせていた。

「——なるほど、リンヴルム王国からは全面撤退……正しい選択をしましたね。十年間ほどでしたか、ご苦労様でした」

銀色の長い髪、真っ白な肌、赤色の瞳——黒を基調とした服装に身を包んだ女性は、キリクの報告を受けてそう答えた。

「『魔究同盟』に繋がる情報は一切残してはいないから、大きな問題にはならないだろう」

「大きな問題にならない？　それは少し違うでしょうに、キリク・ライファァさん」

名を呼ぶと同時に、圧倒的なまでの威圧感がキリクの身体を襲う——身体が勝手に震えるような感覚。

「ディグロスは優秀な男でした。彼の部下であった……ええと、名前はなんでしたっけ？」

「レイエルですよ、フィルメア様」

女性——フィルメアのすぐ傍に立つ、オールバックで目を閉じた男が口を開く。

フィルメアは『魔究同盟』の盟主であり、男はフィルメアの側近だ。

純粋な強さだけで言えばディグロスと近しい実力を持つキリクでさえ、この二人の底については計り知れない。

「私ったら、いけませんね。名前を覚えるのがついつい苦手で……」

「レイエルはフィルメア様と同じ吸血鬼の才能を持った子でした。ディグロスとレイエル——優秀な人物を二人欠いた、ということです」

「そうでした。あなたがどう計画を運用するか、については私も事細かく口を出すつもりはありませんよ？　けれど、あなたが目を掛けていた子に結局裏切られて、逃げ帰ってきた——それでは示しがつきませんよね」

「……」

キリクには反論できなかった。

彼女の言う通り、あるいはハインを早々に切り捨てる選択をしていれば――ここまでの被害を受けることもなかったのかもしれない。

だが、重要なのはハインだけではない。

「でも……そうですね。クーリ・クレルダ――新しく吸血鬼になれたようで、私としては嬉しい限りです。あの子は才能があると思っていましたから」

レイエルの名前は覚えていなかったのに、クーリのことはきちんと把握している――だが、記憶力が低いというよりは、生きている期間が長いというのが根底にあるのだろう。

フィルメアこそ現存する唯一、本物の吸血鬼である。

「あ、それで言えば……オルキスも死んでしまいましたね。彼女は吸血鬼の研究に熱心で、彼女自身が私を超えることを目標にしていたのに……実に残念なことです」

「新たな吸血鬼の誕生――喜ばしいことですが、キリクの失態を帳消しにするにはいかがなものかと。どう致しますか？」

男が問いかけると、フィルメアは頬に指を当てて考え始める。

「そうですね……あ、でもそれ以上にいい発見もありました！　報告にあった、貴族の女の子……ルーテシア・ハイレンヴェルクでしたね。彼女も中々、才能のある子みたいじゃないですか。一回、会ってみたいですね。後は、ディグロスを倒した子——そっちは、まあ……どうでもいいですね」

「フィルメア様、今はキリクの処分についてです」

「あら、いけない……私ったら。つい、話の方向がズレてしまって。では——今回は両腕ということでいかがでしょうか」

フィルメアがそう口にした瞬間、キリクの腕が斬り飛ばされた。

キンッ、と男が刃を納める音だけが耳に届き、部屋中に鮮血が飛び散る。

フィルメアの顔にも血がかかって、それを舐め取りながら彼女は言う。

「その腕ではしばらく満足には動けないでしょう？　しばしの休養をオススメします。今回の件については、これで終わりです」

「ぐ……わ、分かった。そうさせて、もらうよ」

キリクはそう答えると、そのまま部屋を後にする。

すると、すぐ近くに一人の女性が待ち構えていた。

「キヒヒッ、随分と派手にやられたなぁ、キリクちゃん？」

牙のように尖った歯を見せた笑い、小馬鹿にするような態度を見せる。

「……妹の仇でも討ちに来たかい？　ノル・テルナット」

「面白いこと言うね！　確かに、今回の件でアタシの可愛い妹であるオルキスちゃんはあの世に行っちまったけどさ、別に気にしてないよ。それより、アンタの両腕の代わりが必要じゃない？　オルキスの代わりにアタシが治してあげよっか？」

女性――ノルは怪しげな笑みを浮かべながら言う。

オルキスの姉であり、この組織の中においては、ディグロスやキリクとは同格とでも言うべきだろうか。

「……君はこんなところにいていいのか？」

「アンタに心配されることなんてないよ。アタシの計画は順調だし。盟主様の言う優れた人物の選定なんていうのは、とっくの昔に終わってる。後は、アタシがやりたいことをやらせてもらうだけだからさ」

ひらひらと手を振ると、ノルはその場から去って行く。

なくなった両腕から流れ出る血を、キリクは魔力で止血した。

「……さて、僕の両腕の借りは、誰に返すべきだろうか」

小さく、無表情のままに一言だけ呟いて、歩き出す。

悪意はまだ、完全に消え去ったわけではなかった。

エピローグ

――しばらくして、シュリネとクーリは退院した。

クーリに関しては元々入院していた理由が病気を主としていたものであったが、すでに完治しているということ。

それは、彼女が『吸血鬼になった』と言っていたことに起因する。

クーリ自身、オルキスから聞かされていたことは吸血鬼になるための適性があるということと、そして適合させるための研究として身体に様々な薬を投入され続けていたということだ。

オルキスが管理していた地下室には多くの資料があり、今は王国側で管理している。

吸血鬼――もはや伝説上の存在と言えるが、クーリはその特性を得たということなのだろうか。

仮に事実であれば、クーリという存在を欲しがる国が少なからず出てくるだろう。

彼女は病に冒されて、かつほとんど視力を失い、歩けない状態にまでされていた――それが、治ったという事実。

ただし、オルキスの資料によれば吸血鬼の血液に適合できなければ高い確率で死ぬことになる——回避するために、オルキスは『魔物化』という研究に特化していたようだ。

人間が『人間という存在が外れる研究』である。

この国を統治するのがフレアでなければ、今頃クーリは王国の管理する研究室に閉じ込められて、一生を過ごすことになっていたかもしれない。

クーリが吸血鬼になった、という事実は秘匿されて関係者のみが一部知ることとなり、定期的に検査などを行うことで一先ずは落ち着いたようだ。

退院したクーリは、ハインと共にルーテシアの屋敷の世話になっているという。

そして、シュリネが戻ってくるのも久々であった。

「結局、一カ月近く入院する羽目になるとはね」

「貴女の怪我はそれだけ大きかったのよ。完治とも言い難いみたいじゃない」

馬車から降り立ったシュリネに対して、付き添ってくれたルーテシアが言う。

すでに歩き回れるくらいには回復しているが、シュリネには左腕はなく——左目は大きな眼帯で隠すようになっていた。

「一先ず、義眼は作りたいね。明確に見えてない風にするのは戦いにおいてはデメリットだから」

「もう大きな戦いはこりごりよ。義眼を作るのはいいけれど、しばらくは屋敷でも安静にね？　お医者様にも言われたでしょう」

「身体が鈍《なま》ってしょうがないから、素振りくらいはしてもいいよね？」

「シュリネ、私の話を聞いていたわよね？」

ルーテシアは笑顔であったが、目が笑っていない。

まだ病室を抜け出して隠れて刀を振っていた事実を怒っているようだった。

彼女の護衛だというのに、刀も取り上げられる始末である。

「……分かったよ。しばらくは休む。でも、わたしはあなたの護衛だからね」

シュリネは改めて、自身の役割を強調する。

心配するのはいい——だが、その立場を奪うようなことは許さない。

ルーテシアも理解しているのだろう。

小さく溜め息を吐くと、静かに頷いてくれた。

「シュリネっ！」

少し離れたところから名前を呼ぶ声がして、振り返る——こちらに駆けてくる、メイド服姿のクーリであった。

彼女は勢いのままにシュリネへと抱き着いて、思わずバランスを崩しそうになる。

「――っと。随分元気そうだね。それに、メイド服もよく似合ってる」

「ありがとっ、あたしもお姉ちゃんと一緒にルーテシア様に仕えることになったんだよ」

「聞いてるよ」

「……それと、シュリネが元気になったら、言わないといけないことがあって」

クーリはそう言うと、シュリネの傍を離れて深々と頭を下げた。

「ごめんなさい、あたしはあなたを利用しようと――ううん、利用した」

――すでに、ハインから話は聞いている。

クーリがシュリネと病院で出会ったのは偶然ではない。

初めから、ハインがルーテシアのメイドをしていることを知っていたのだ。

クロードを打ち倒したというシュリネのことも、シュリネがルーテシアの護衛であるということも――病院でも一時期噂になっていたらしい。

もしかしたら、シュリネに接触できればハインを救うことができるかもしれない。

そんな一縷《いちる》の望みにかけて、クーリはそれを掴み取ったのだ。

「許してほしい、なんて言わない。虫のいい話だから。でも、これからあたしもルーテシア様の傍にいるから、困った時があったら何でも言って」

「なら、わたしから一つだけ」

「！　何？」

「わたしはわたしがするべきことをした——あなたが何も負い目に感じることはない。わたしのことを利用した、なんて気にする必要はない」

「そ、それは、ダメだよ。だって——」

「何でも言って、でしょ。わたしが困るから言うこと聞きなよ」

「……っ、シュリネって、やっぱり優しいよね。何だかんだ、お見舞いにも来てくれたし」

「ついでだよ。別に優しくはない」

シュリネはクーリの言葉を否定する。

元より、ルーテシアが望んだこと——ハインを取り戻すためには、クーリを救う必要があった。

全てが繋がっているから、今があるのだ。

もしもルーテシアを救うためにハインを犠牲にする必要があったのなら——今頃どうなっていたか、それはシュリネにも分からない。

全てを救える道が奇跡的にあっただけで、引き寄せたのはクーリの行動もキッカケの一つなのだ。

だから、シュリネからすればクーリに感謝することはあれど、謝られることなどない。

「わたしとあなたは友達なんでしょ。わたしがいいって言ったらそれでおしまい」

「……！　うん、ありがと」

「ところで、『お姉ちゃん』とは仲良くやってる？」

「あ、わざと強調するように言ってるよね……！？」

クーリは少し恥ずかしそうな表情をした。

大人ぶっていたのか、『姉さん』とハインのことを呼ぶようにしていたが――二人きりの時は『お姉ちゃん』と呼んでいるようだ。

実際、クーリはまだ十五歳の女の子で、シュリネとほとんど変わらない。

呼び方なんて気にする必要もないと思うが。

「――妹をあまりからかわないでくださいね」

いつの間にか背後にいたハインが、不意に声を掛けてきた。

彼女もメイド服姿だが、服の下にいくつか武器が仕込んであるのが分かる。

以前に比べると、随分と武装が増えているようだった。

「あなたも少しは護衛らしくなったんじゃない？」

「護衛はあなたの役目でしょう。早く復帰してくださいね」

「なら、リハビリには付き合ってよ。あなたの腕ならちょうどいい」

「もちろん、構いませんよ。ルーテシア様の護衛が務まるかどうか、しっかり見定めさせていただきますから」

「ふぅん、言うようになったね」

「元々、こういう性格ですから」

ハインは小さく笑みを浮かべると、荷物を持って屋敷の方へと歩いていく。

後を追いかけるのはクーリで――姉妹揃って仲睦まじい姿が見れた。

「あなたのおかげで、ハイレンヴェルクの屋敷も少し寂しくなくなったわね」

「少しって、まだ足りないものでもあった？」

「ううん、今日からは大丈夫よ」

「……？」

ルーテシアの言葉の意味がすぐに理解できなかったが、ご機嫌に歩く彼女の後ろ姿を見てから気付く。

「なんだ、わたしがいなくて寂しかったの？」

「！　そういうことは分かっても口に出さないものでしょう……」

「ルーテシアも結構素直じゃないところあるよね」

「貴女よりはずっと素直だと思うわ」

「本当に？　じゃあ、わたしとのキスはどうだった？」

「――」

シュリネの言葉にピタリと足を止めて、ルーテシアが振り返る。

怒ったような、恥ずかしがっているような、揺れ動く微妙な表情をしていて、

「あ、あれは必要だからしたの！」

「必要じゃないとしないってこと？」

「当たり前じゃない。大体、緊急時以外にどうして――」

ルーテシアが言葉を詰まらせたのは、シュリネが眼前に迫っていたからだ。

それこそ、キスのできる距離で――唇が触れ合う手前で。

身構えたルーテシアを見て、シュリネはくすりと笑う。

「あははっ、ルーテシアはからかい甲斐があるよ」

「……！　あ、貴女っていう人は……！　もう知らないっ。一人で帰ってきなさいよっ」

明らかにルーテシアを怒らせてしまったようで、彼女は先を歩いていく。

一人で帰れ、と言われてもここはもう屋敷の前で――怒っていても彼女らしさが出てい

るというところか。

「……あんまり恥ずかしがられると、こっちも恥ずかしくなるっていうか、ね」

一人取り残されて幸いだったと言うべきか、からかったつもりで――シュリネも少しだけ恥ずかしそうに頬を朱色に染めていた。

書き下ろしSS

シュリネが戻ってきてからしばらくして、夜――クーリは部屋で一人、空を眺めていた。

最近、時間があれば景色を眺めたり、夜空を眺めたりすることが多い。

視力を失ってから数年以上――ずっと、見られなかったものを見るのが、楽しみで仕方ないのだ。

もちろん、視力が戻ったのも普通の方法ではない。

吸血鬼――クーリもその本質について知っているわけではないが、かつてオルキスから聞かされた話では、クーリには吸血鬼になれる可能性があるということと、その力の一部について、だ。

吸血鬼は特に、血に関することで特異な能力を持っているという。

毒に冒されたシュリネを解毒できたのも、結果的にはオルキスの研究によって吸血鬼化に成功したクーリが得た力によるものなのだから、皮肉と言えるかもしれない。

オルキスによって奪われた視力や、切断された足の腱も全て、この力のおかげ――ただ、望んで得たわけではない。

「まだ起きていたんですね」

声を掛けられ、振り返る。

そこには寝間着姿のハインがいた。

今は二人で同じ部屋に寝泊まりしている——別々の部屋も用意できているのだが、これはクーリの望んだことだ。

「お姉ちゃんこそ、どこに行ってたの？」

「少しやり残した仕事があったので、片付けていました」

「寝る前にすること？」

「気になったら眠れない性質ですから。あなたは何をしていたんですか？」

「あたしは——夜空を眺めてた」

再び、星が光る空に目を向ける。

隣にハインがやってきて、並んで夜空を鑑賞した。

「ここの生活には慣れましたか？」

「うん、ルーテシア様は優しいし」

「そうですね。少し甘やかしすぎている気もしますが」

「お姉ちゃんだって、もっと優しくしてくれてもいいんだよ？」

クーリはそう言って、ハインを上目遣いで見る。

ふっ、と小さな笑みを浮かべたハインは、

「あなたもハイレンヴェルク家のメイドになったんですから、厳しくするのがメイド長である私の務めです」

「メイド長って……あたしと合わせて二人しかいないじゃん」

「ですから、二人で力を合わせてルーテシア様を支えていくんです」

「それは、分かってるけど……」

視線を逸らして、何やら言いたげな雰囲気を見せるクーリ。

そんな彼女を、ハインは優しく抱き寄せる。

「仕方のない子ですね。今日は特別ですよ」

「……うん」

クーリはまだ十四歳――ほとんど家族と接することなく過ごしてきた彼女にとっては、まだ触れ合う時間が多く必要だった。

普段は姉のハインに憧れて、落ち着いた雰囲気でいようと心掛けているが、二人きりになれば別。

ハインはいつもルーテシアの名を口にするから、嫉妬していないかと言えば――きっと、嘘になる。

けれど、クーリにとってはルーテシアもまた、ハインを大事にしてくれている人であり、まだ短い付き合いではあるが、信頼できる相手だと思っている。

ただ、夜のこの時間だけは――ハインを独占していたかった。

今までは考えられなかった穏やかな時間を過ごしていると、庭先に人影が動いているのが見える。

「あれは……」

明かりもない暗闇の中だが、クーリの目ならその動きを捉えることができる。

片腕だけで構えを取ると、刀を握って素振りを始めた。

「シュリネ？　こんな時間に稽古してるんだ……」

「こちらに戻ってきて、ルーテシア様からもようやく許しが出たようです。彼女にとっては、鍛錬ができない日は何より苦痛だったでしょうから」

「そう言えば、ルーテシア様とお姉ちゃんってシュリネとはどう知り合ったの？　護衛の仕事を募集した、とか？」

「いえ、出会いは――私達が刺客に襲われた時、でしたでしょうか」

「え……何それ」

ちょっと想像のつかない展開だったが、ハインはシュリネの方を見ながら少し笑みを浮かべて話す。

「今思えば、おかしな話だと思います。ルーテシア様が狙われて、その場にたまたま居合わせたシュリネさんが、刺客を全員倒したんですから」

「！　そうなんだ……。シュリネ、やっぱりかっこいいなぁ。王宮でも、あたしのこと守ってくれたし」

「そうですね。私も――彼女はかっこいいと思います」

クーリの言葉に、ハインも素直に頷いた。

一種の憧れに近い感情を、クーリはシュリネに対して抱いている。

「あたしも、シュリネみたいに強くなれるかな？」

「私が時々、稽古をつけてあげますよ。ちょうど、シュリネさんのリハビリにも付き合う予定でしたから」

「！　本当!?」

「ええ、身を守る上でも必要なことでしょうし。これからは……特に」

「？」

ハインは何やら意味ありげな言葉を口にして、シュリネの方を見る。

片腕でも、刀を自在に振るっているように見えるが――何かあるのだろうか。

「――さて、明日も早いですから、そろそろ寝ましょうか」

「ええ、もう少し起きていたいんだけど」

「ダメですよ、ほら」

ハインに手を握られて、少し不満そうな表情を浮かべながらも、クーリは内心では喜んでいた。

姉と共に過ごす時間は何より大切で、同じベッドで手を繋いで眠れることが、一番の幸せだからだ。

（……本当に、ありがとうね）

ちらりと、暗闇の中で刀を振るう――姉妹にとっての英雄に感謝をしながら、二人は眠りに就いた。

あとがき

そこまでお久しぶりではないかもしれませんが、一巻ぶりの笹塔五郎です。

貴族の令嬢とメイドの組み合わせはやはり必須だと思いませんか？

私は思います、ということで今回はメイドのハインのお話でした。

大きな秘密のあるメイドさんはいいぞ……という感じでしたが、守られるだけではないルーテシアの成長面も見られたのではないかと。

初登場となるハインの妹のクーリはシュリネの友達になったので、今後も活躍するところがあるかもしれません。

あとがきなのでがっつりネタバレしますが、シュリネは左腕と左目がなくなったので、果たして今後は護衛としてどう立ち回っていくのか——次はそんなお話になっていくのではないかと。

もちろん、三巻が出れば、という感じですが！　出てくれ！

そういうわけで、二巻はそんなお話でした。

自分の作品のことを語るのが実はそんなに得意ではないのですが、本作については大前提として百合のファンタジーとして書いています。

少しずつですが、心境の変化があるシュリネにも注目していきたいところですね……。

それともう一つ、重要なお話で言うとコミカライズがスタートします！

二巻が出る頃にはすでにスタートしているはず！

コミカライズの方はスメラギ先生に担当いただいておりまして、バトルアクションがメインでもあるこちらのお話にはとてもマッチしている、と個人的に思っています。

ぜひ、原作と併せてコミカライズにも注目いただけますと嬉しいです。

ではでは、この辺りで私のお話は締めさせていただいて、謝辞を述べさせていただきます。

一巻から引き続き、イラストを担当いただきましたミユキルリア様。

二巻の表紙を見た瞬間に、一巻の対になるようなイラストでとても素晴らしいな、と感動しました。

かっこよさ、可愛さ含めてどちらも表現いただいて感謝致します。

担当編集者のN様。

いつもこまめに連絡いただきましてありがたいです。

私はよく忘れがちなので助かっています。メモ取っても忘れることがあるので……。

また、本作に関わってくださいました皆様にも、感謝の言葉を述べさせていただきます。ありがとうございます！

一巻に引き続いて本作お読みくださった皆様にも、この場にて感謝を。ありがとうございます！

三巻でお会いできましたら嬉しいです！

この刀は一人のために……
"Hitokiri" Girl Becomes Bodyguard for Duke's Daughter
公式サイトにて
好評連載中!!
『人斬り』少女、公爵令嬢の護衛になる
漫画 スメラギ 著 笹塔五郎 キャラクター原案 ミユキルリア

ファンレター、作品のご感想をお待ちしています!

【宛先】
〒104-0041
東京都中央区新富1-3-7　ヨドコウビル
株式会社マイクロマガジン社
GCN文庫編集部

笹塔五郎先生 係
ミユキルリア先生 係

本書はWEBに掲載されていた物語を、加筆修正のうえ文庫化したものです。
この物語はフィクションであり、実在の人物、団体、地名などとは一切関係ありません。

GCN文庫

『人《ひと》斬《き》り』少女《しょうじょ》、公爵令嬢《こうしゃくれいじょう》の護衛《ごえい》になる ②

2024年4月28日　初版発行

著者　笹塔五郎《ささとうごろう》

イラスト　ミユキルリア

発行人　子安喜美子

装丁　横尾清隆
DTP／校閲　株式会社鷗来堂

印刷所　株式会社エデュプレス

発行　株式会社マイクロマガジン社
〒104-0041　東京都中央区新富1-3-7　ヨドコウビル
［販売部］TEL 03-3206-1641／FAX 03-3551-1208
［編集部］TEL 03-3551-9563／FAX 03-3551-9565
https://micromagazine.co.jp/

ISBN978-4-86716-562-1 C0193